ESPASA
JUVENIL

E S P A S A
J U V E N I L

# Anastasia tiene problemas

LOIS LOWRY

Traducción de
Salustiano Maso

48

ESPASA

ESPASA JUVENIL

Editora: Nuria Esteban Sánchez
Diseño de Colección: Juan Pablo Rada
Ilustraciones de interior: Gerardo Amechazurra
Ilustración de cubierta: Juan Ramón Alonso

———

© Espasa Calpe, S. A.
© Lois Lowry
© De la traducción: Salustiano Maso
Editor original: Houghton Mifflin Company, Boston
Título original: *Anastasia, Ask Your Analyst*

———

Primera edición: noviembre, 1989
Cuarta edición: marzo, 1999

———

Depósito legal: M. 5.618-1999
I.S.B.N.: 84-239-9026-5

Espasa, en su deseo de mejorar sus publicaciones, agradece-
rá cualquier sugerencia que los lectores hagan al departamen-
to editorial por correo electrónico: sugerencias@espasa.es

Impreso en España/Printed in Spain
Impresión: Huertas, S. A.

Editorial Espasa Calpe, S. A.
Carretera de Irún, km 12,200. 28049 Madrid

**Lois Lowry,** *la autora, vive en Boston, donde trabaja como periodista, fotógrafa y escritora.*
*Ha publicado más de diez libros para niños que le han hecho merecer, en Estados Unidos, elogios de la crítica y varios premios.*
*El personaje de Anastasia, una niña cuya inteligencia y lucidez le hacen enjuiciar todo lo que le rodea, y el talante abierto de sus padres tienen tal fuerza y han captado de tal forma a los lectores que han dado lugar a una serie:* Anastasia de nuevo *(EJ 77),* Anastasia elige profesión *(EJ 93) y* Anastasia Krupnik *(EJ 95).*
*De esta misma autora Espasa Juvenil también ha publicado* ¿Quién cuenta las estrellas? *(EJ 20).*

* * *

*Para el niño de Nebraska
que escribió sugiriendo
que los Krupnik deberían tener
animales en casa,
y Sam debería tener amigos*

# 1

MAMÁ! —gritó Anastasia mientras subía ruidosamente los escalones y entraba en la cocina después de clase—. ¡Adivina lo que tengo, gracias a Meredith Halberg! ¡Precisamente lo que yo más quería! ¡Y no ha costado nada!

La señora Krupnik metió una cacerola en el horno, lo cerró y ajustó la temperatura. Luego se volvió.

—Déjame que piense —dijo—. ¿La varicela?

Anastasia hizo un gesto despectivo. Era terrible tener una madre que siempre estaba haciendo chistes.

—Ja, ja, muy gracioso —comentó—. Dije que era una cosa que yo quería. Además, la varicela hace ya años que la pasé.

—Bueno —dijo su madre—, es que no se me ocurre ninguna otra cosa que no cueste nada.

Anastasia estaba tan entusiasmada que casi daba saltos.

—¡Nunca adivinas! Aguarda, te lo enseñaré. Están en la entrada de atrás. Los meteré dentro no sea que vayan a coger frío.

—Un momento —dijo su madre. Su gesto delataba la sospecha—. ¿Qué significa eso de que van a coger frío? No será algo viviente, ¿eh?

Pero Anastasia había salido ya, dando un portazo. En un minuto estaba de vuelta, sosteniendo en sus manos una caja de madera con la tapa de tela metálica. Del interior de la caja venía un rumor de leves crujidos.

Su madre se parapetó al instante detrás de la mesa de la cocina.

—¡No! —dijo—. ¡Es algún animal! ¡Anastasia, de ninguna de las maneras! Te tengo dicho y requetedicho que no puedo soportar...

Anastasia no escuchaba. Su madre era tan pelmazo algunas veces... Quitó el pasador y levantó la tapa de la caja.

—¡Hámsters! —anunció con deleite.

Su madre retrocedió hasta quedar de espaldas contra el frigorífico. Cogió una cuchara de madera y la blandió como un arma.

—¡Llévate esos animales de mi cocina inmediatamente! —bramó.

—Pero, mamá, mira lo lindos que son...

—¡Fuera de mi cocina, he dicho!

Gruñendo malhumorada, Anastasia tapó la caja de nuevo. Se la llevó al vestíbulo de atrás.

Su madre se sentó e hizo varias inspiraciones profundas. Miró precavidamente a su alrededor.

—Anastasia —dijo—, sabes que no puedo soportar a los roedores.

—Mamá, son mansos, suavecitos...

—Roedores —le atajó ella con estremecimiento.

—Bueno, tal vez. Pero, mamá...

Su madre dejó la cuchara de madera sobre la mesa. Hizo otra inspiración profunda.

—Los roedores me dan pánico —dijo—. Cuando empezaste a levantar la tapa de esa caja estuve a punto de caerme redonda.

Anastasia suspiró. No había otro chico en toda la ciudad que tuviera una madre tan boba. «Café —pensó—, el café le vendrá bien.» Tomó la cafetera del hornillo y sirvió a su madre una taza.

—Vamos a tener una conversación razonable sobre la cuestión —propuso, ofreciendo a su madre la taza de humeante café.

Su madre tomó un sorbo y se estremeció una vez más.

—Dame una sola razón inteligente para tener repugnantes roedores en esta casa —dijo con gesto hosco.

—No una sola, puedo darte un montón. La primera es que yo necesito tener un animal de compañía por encima de todo.

—Ya tienes uno. Tienes a *Frank*, tu pez, desde que tenías ocho años. Yo creía que querías muchísimo a *Frank*.

—Y quiero a *Frank*, pero resulta aburrido. No puedes enseñarle habilidades. No puedes tenerle apretadito en la mano.

—Y quieres enseñar habilidades a... quieres tener en la mano a esos... ¿cómo se llaman?

—*Romeo* y *Julieta*. Les puse nombre según venía para casa.

—No me refiero a esos nombres. Quiero decir... ¿qué dijiste que son?

—Hámsters.

—Muy bien. Pues si quieres enseñar habilidades a hámsters, sugiero que empieces por enseñarles a caminar sobre sus lindas y suavecitas patitas traseras. Derechitos por la puerta de servicio, escalones abajo, cruzar la calle, volver la esquina, e ir a casa de Meredith Halberg de donde han venido.

—Mamá, eso es una memez.

Su madre suspiró.

—Lo sé. Pero mira, Anastasia, francamente, es que tengo esta fobia por los roedores...

—Ya lo veo. Te has quedado muy pálida. Estoy preocupada por ti, mamá, de verdad. Por eso es tan importante acostumbrarte a *Romeo* y *Julieta* y superar esa fobia tan grave que padeces.

Su madre suspiró. Por lo menos ya no chillaba. Era una buena señal.

—Razón número dos —dijo Anastasia—. Los hámsters van a ser mi trabajo de Ciencias Naturales. La exposición de Ciencias es en febrero, y yo soy la única chica de séptimo que no ha elegido un trabajo todavía.

—Te dije que hicieras el ciclo vital de la rana. Prometí ayudarte a elaborar un cartelón describiendo el ciclo vital de la rana.

—Por el amor de Dios, mamá, si eso se hace en tercero. Todo quisque en el mundo entero ha hecho ya el ciclo vital de la rana en tercero. Esto es la segunda etapa. Ese tipo de mi clase... ¿Norman Berkowitz? está construyendo un ordenador para su Trabajo Científico.

13

—El padre de Norman Berkowitz ganó el premio Nobel de Física el año pasado —indicó la señora Krupnik. Se levantó y se sirvió otra taza de café.

—Bueno —dijo Anastasia con cara mohína—, y qué. Pues vaya cosa. A papá le propusieron para el premio del Libro Americano, el año pasado. La hija de la persona propuesta para el premio Libro Americano no puede presentarse en la exposición de Ciencias con un insulso cartel sobre el ciclo vital de la rana, por el amor de Dios.

—¿Y puede saberse lo que vas a hacer con una pareja de pestilentes roedores?

—No son pestilentes —dijo Anastasia con rabia—. Voy a aparear a mis hámsters, y luego...

—¿Vas a qué?

—A aparear a mis hámsters. Luego estudiaré la gestación, y tomaré notas, y observaré sus crías. Aprenderé todo lo que se puede saber acerca de...

—¡Tendrás que pasar por encima de mi cadáver, antes de criar roedores en esta casa!

Estaba perdiendo terreno, Anastasia lo sabía. Era llegado el momento de exponer la razón número tres.

—Mamá —dijo tranquilamente—, vuelves a ser irrazonable, irracional. Aquí está la razón número tres. Piensa en Sam.

—Es que pienso en Sam —dijo la señora Krupnik con abrumadora convicción—. No quiero que un crío de tres años juegue con esos bicharracos asquerosos, sucios...

—Mamá, los hámsters son limpios. Pero cálmate y escucha. Sabes que siempre andas diciendo que la educación sexual debe empezar en el hogar.

Su madre comenzaba a hacer otra vez inspiraciones profundas, una mala señal. Tomó unos sorbos de café.

—Eso es cierto —dijo—. Lo he dicho y lo mantengo. ¿Pero qué tiene que ver con los roedores?

—Hámsters. Ejercítate en decir hámsters, mamá.

—Bueno, pues con los hámsters. ¿Qué relación hay entre la educación sexual y los hámsters? ¿Y qué tiene que ver con Sam?

—Es la oportunidad de Sam para iniciarse en el conocimiento del sexo... ¡aquí en su mismísimo domicilio! ¡Verá cómo mis hámsters tienen bebés! Sam no sabe ni palabra del sexo todavía.

—Anastasia —dijo su madre con un suspiro—. Sam no tiene el menor interés por el sexo. Sólo tiene tres años.

—Pero es superinteligente, mamá. Ya sabes el interés que tiene por todo. Sabes que está empezando a aprender a leer, y conoce todas las letras, y todos los números, y...

—Eso no tiene nada que ver con el sexo.

—Te apuesto lo que quieras a que Sam tiene mucho interés por el sexo.

—Te apuesto a que no.

Anastasia pensó durante un minuto. Si acertaba en esto, ganaría. Pero sería jugar con ventaja.

—¿Dónde está Sam? —preguntó.

—En el cuarto de estar, jugando.

—Verás lo que vamos a hacer —propuso Anastasia—. Vamos a preguntarle. A preguntarle si tiene interés por el sexo y si dice que sí, ¿puedo quedarme con *Romeo* y *Julieta*?

15

—Ni hablar —dijo su madre—. Eso sería hacer trampa, porque en el momento en que los vea, dirá que sí.

—No le dejaré verlos. Ni siquiera mencionaré para nada a los hámsters. Será un test imparcial y objetivo.

Su madre apuró el café que le quedaba mientras pensaba la cuestión a fondo. Finalmente dijo:

—Vale, pero ojo a las reglas. Yo hago que venga Sam y le pregunto. Y tú no tienes que decir palabra sobre hámsters ni bebés de hámsters. Ni una palabra, ¿entendido?

Anastasia asintió con la cabeza.

—No diré ni pío. Sólo le preguntaremos si tiene interés por el sexo.

—Le preguntaré yo. Tú mantendrás la boca completamente cerrada.

Anastasia cerró la boca como con grapas, apretando los labios contra los dientes.

Su madre examinó el gesto de cara amordazada.

—Así está muy bien —dijo.

Dejó en el fregadero su taza de café vacía, se acercó a la puerta de la cocina y llamó:

—¡Sam! ¿Quieres venir aquí un minuto? Tengo que preguntarte una cosa.

Oyeron los piececillos de Sam trotando por el corredor, hasta que apareció en la puerta de la cocina, todo risueño, con los vaqueros medio caídos y las playeras desatadas.

—¡Hola, Anastasia! —dijo Sam—. Hoy en la guardería he hecho rompecabezas. Todos los bloques tienen letras. Ya sé poner mi nombre con los bloques, y sé poner «aeroplano» y «galleta», y...

16

Anastasia le sonrió y no dijo nada. Mantenía la boca cerrada a cal y canto.

—Sam, cielo —dijo la señora Krupnik—, quiero hacerte una pregunta.

—Vale —dijo Sam la mar de contento—. ¿Puedo comerme una pasta?

Anastasia fue al tarro de las pastas, sacó una con pasas y se la dio. Seguía con la boca cerrada y apretada.

—Sam —dijo su madre—, ¿tienes tú algún interés por el sexo?

Sam se había metido en la boca media pasta de una vez y masticaba solemnemente.

—¿Sam? —inquirió su madre.

. —Estoy pensando —dijo con la boca llena—. Lo estoy pensando muy en serio.

Por último, después de haber tragado, preguntó:

—¿Cómo se escribe?

Anastasia sonrió con malicia. La victoria estaba al alcance de la mano. Empezó a abrir la boca para decir «S». Pero su madre la fulminó con la mirada.

—Anastasia —advirtió la señora Krupnik—, o mantienes la boca absolutamente cerrada o no hay apuesta que valga.

Y dirigiéndose a Sam, la señora Krupnik deletreó:

—S-E-X-O.

Sam mascaba lentamente la otra mitad de su pasta. Frunció el entrecejo. Estaba pensando. Uno sabía siempre cuándo Sam estaba pensando porque arrugaba mucho la frente.

—Vuelvo dentro de un minuto —dijo de repente y salió de la cocina al trote.

Anastasia seguía sentada muy quietecita con la

boca cerrada y apretada. Empezaban a dolerle los labios.

Al poco tiempo reapareció Sam.

—Sí. Me interesa mucho el sexo —anunció, y se fue a jugar al cuarto de estar.

La señora Krupnik miró fijamente a Anastasia, con los ojos entornados en un guiño suspicaz.

—De acuerdo —dijo, al cabo—. Una apuesta es una apuesta. Tú ganas.

Anastasia aflojó la boca y movió un poco la lengua para cerciorarse de que todavía funcionaba. Sonrió de oreja a oreja.

—Gracias, mamá —dijo.

—Me has hecho trampa de alguna manera. Dime cómo.

Anastasia cogió una pasta y empezó a quitarle las pasas una por una. Se las metió a la boca. No dijo nada.

—¿Por qué ha de ganarme siempre una mocosa de trece años? ¡Dime cómo lo has hecho!

Finalmente Anastasia se encogió de hombros.

—No ha sido trampa. Es sólo que he enseñado a Sam a jugar al Intelect. Cuando salió de la cocina, yo sabía que iba a comprobar los puntos que en el Intelect corresponden a «sexo». La X es una de sus letras predilectas. Ocho puntos por una X.

Anastasia partió un pedacito de pasta, ya sin pasas, y se lo metió en la boca.

Su madre observó cómo masticaba. Al cabo de un momento dijo:

—Algún día, Anastasia, te voy a ofrecer en adopción.

—A mí y a mis hámsters, ¿eh?

18

## Anastasia Krupnik
## Clase del señor Sherman

**El 13 de octubre** adquirí dos hámsters chiquitos, preciosos, que viven en una jaula en mi dormitorio. Se llaman *Romeo* y *Julieta* y son muy cariñosos. Parece que se quieren uno a otro una barbaridad. Puesto que viven en la misma jaula como macho y hembra, espero que tengan hamstercitos. Mi libro sobre hámsters dice que la gestación dura veinticinco días. Me figuro que están ya apareándose porque se comportan con mucho cariño, así que contaré el día de hoy como *día primero* y luego los observaré durante veinticinco días y espero que el día 25 nazcan sus bebés.

Este será mi trabajo de Ciencias Naturales.

—¿Qué escribes? —preguntó Sam.

Estaba de rodillas en el suelo del dormitorio de Anastasia, con un brazo dentro de la jaula de los hámsters acariciando con los dedos la cabeza de los animalillos, de pelo tan suave.

—Mi trabajo de Ciencias para la escuela —explicó Anastasia—. Cuento cosas de *Romeo* y *Julieta*.

Sam la miró y frunció el entrecejo.

—Pero estos hámsters son también míos, ¿a que sí? —preguntó.

—Claro que sí. Gracias a ti conseguí quedármelos. Conque me figuro que en parte son también tuyos.

—Bueno, pues quiero que uno se llame *Príncipe* —dijo Sam.

Anastasia torció el gesto.

—*Príncipe* es nombre de perro —dijo.

Sam suspiró.

—Claro —dijo—. Es que lo que yo quería en realidad era un perro. Con un perro podría jugar.

—Puedes jugar con los hámsters. Los hámsters son amistosos.

—Estos hámsters no lo son. Mira. Se están mordiendo uno a otro —dijo Sam señalando con el dedo el interior de la jaula.

Anastasia miró. Sam tenía razón. Los dos hámsters se peleaban, enseñando los dientes.

—Es una riña doméstica, me figuro —dijo a su hermano—. Como cuando papá y mamá tienen una disputa. Estos hámsters son marido y mujer y naturalmente, tienen riñas sin importancia de vez en cuando.

Sam miró a los hámsters con expresión dubitativa.

—Son un poco feos —dijo—. Y están gordos.

Anastasia cerró el cuaderno y suspiró.

—Deja de poner pegas, Sam. Están gordos porque comen mucho. Y no son feos.

—Ése —dijo Sam señalando— es de lo más feo que he visto. ¿Puedo llamarle *Nicky*?

—No —dijo Anastasia con impaciencia—. ¿Y por qué ibas a llamar *Nicky* a un hámster si se puede saber?

—Porque se parece a Nicky, que va a mi guardería. Nicky es la persona más fea que conozco. Y gordinflas, también. Lo mismo que estos hámsters, y Nicky también muerde.

Anastasia miró por la ventana de su dormitorio; su padre estaba rastrillando hojas, abajo en el patio.

—Sam —dijo—, ¿por qué no bajas al patio? A lo mejor papá te deja saltar en los montones de hojas.

—¿Vas a venir tú a saltar en los montones de hojas conmigo?

—No —suspiró Anastasia—. Yo tengo que quedarme aquí observando a los hámsters para mi trabajo de Ciencias. Cierra la puerta cuando salgas. He prometido a mamá que jamás oiría un solo ruido de hámster procedente de mi cuarto.

Sam echó el pasador que cerraba la tapa de la jaula y se encaminó hacia la puerta.

«Ojalá estuvieras estudiando un perro para tu trabajo de Ciencias —dijo pensativamente—, así podría llamarle *Príncipe*.»

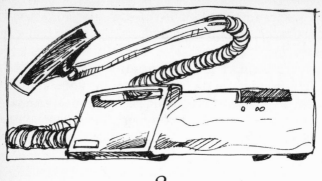

2

A NASTASIA volvió de la escuela, arrojó sus libros
sobre la mesa de la cocina, revolvió en el frigorífico hasta que encontró algo que le pareció apetitoso
—un poco de pollo frío, que untó con mostaza— y
luego enfiló escaleras arriba en dirección a su cuarto.

Delante de la puerta cerrada de su dormitorio se
detuvo sorprendida. Allí, en mitad del pasillo, estaba
la aspiradora bloqueándole el paso. Sujeta a ella con
papel cello había una nota.

«Anastasia —decía la nota—, comprenderás que
me es imposible limpiar tu cuarto, puesto que tienes
ahí esos bichos y yo padezco la fobia que tú sabes.
Procura limpiar bien en los rincones y debajo de la
cama. Vuelve a guardar la aspiradora en el armario
del pasillo cuando termines. Con cariño, Mamá.»

¿«Con cariño, Mamá»? ¿Firmaba Hitler notas
«Con cariño, Adolf»?

Anastasia se puso toda colorada y bajó en busca de su madre. ¡«Con cariño, Mamá», pues estábamos buenos!

La señora Krupnik, con vaqueros y una camisa de hombre salpicada de pintura, estaba sentada en el suelo de la habitación que utilizaba como su estudio de pintora. A su lado estaba Sam, en cuclillas sobre sus cortas piernecitas de niño de tres años. Tenía la cara, la ropa y las manos embadurnadas de diferentes colores. Dirigió a Anastasia una amplia sonrisa y luego volvió a la operación de remover una lata de café llena de pintura de color naranja vivo.

Esparcidas por todo el suelo de la espaciosa habitación había cajas de cereales colocadas sobre hojas de periódico. Dos de aquellas cajas habían sido pintadas de color azul chillón; las otras esperaban. El hombre de Quaker Oats (la conocida marca de cereales) sonreía a Anastasia con su sonrisa condescendiente y protectora. Era lo único que le faltaba, que la mirase de reojo el señor Quaker Oats cuando estaba ya furiosa.

—Detesto la pinta de ese sujeto —dijo Anastasia frunciendo el ceño—. ¡Tiene una pinta tan saludable! Ojalá que alguien le hiciera comer cereales azucarados llenos de aditivos químicos.

—¡Santo cielo! ¿Por qué eres tan gruñona? —preguntó Katherine Krupnik.

—Por tres razones. Adivínalas —dijo Anastasia, fulminando a su madre con la mirada.

La señora Krupnik cogió una de las cajas vacías, examinó al hombre de Quaker Oats por espacio de un minuto y a continuación le pintó un bigote color naranja con un solo trazo floreado de su pincel.

—Yo le encuentro atractivo —dijo—. Tiene un aire benévolo. Me gustan los cuáqueros en general. Ojalá me gustaran un poco más los cereales. Ha costado dos años conseguir estas cajas.

—¡Tres razones, he dicho! —repitió Anastasia con voz estentórea.

Su madre le sonrió afablemente.

—No quiero discutirlo —dijo—. Me prometiste que los mantendrías completamente fuera de mi vista. Perfecto. Eso quiere decir que tendrás que limpiarte tu cuarto, jovencita.

—¡Estamos haciendo un tren! —anunció Sam rebosante de júbilo—. Los azules serán los furgones, y ahora vamos a hacer los de color naranja, y serán los... ¿qué es lo que van a ser, mamá?

—Vagones para ganado —dijo la señora Krupnik—. Y tendremos uno verde para el carbón, y una locomotora negra con flejes de plata, y naturalmente el furgón de cola será colorado... —se interrumpió—. Toma, Sam —dijo, dándole la caja que tenía en la mano—, toma ésta del bigote y píntala toda de color naranja.

Anastasia refunfuñaba.

—¿Qué hay para cenar? —preguntó.

Su madre estaba soplando en las cajas azules para secarlas. Levantó la vista.

—¿Cenar? ¿Qué hora es?

—Casi las cinco. Me he retrasado en la escuela porque esa estúpida de Daphne está enamorada perdida de un tipo del estúpido equipo de rugby, y me ha hecho quedarme con ella a presenciar un estúpido entrenamiento.

24

La señora Krupnik suspiró y se limpió las manos con un trapo.

—Se me había olvidado la cena por completo, Anastasia. Se me ha olvidado sacar algo de la nevera. Me he entusiasmado tanto haciendo este tren porque llevaba casi dos años guardando las cajas. Esta mañana, cuando Sam estaba en la guardería, abrí la puerta de un armario y todas esas cajas de cereales se me vinieron encima, y me di cuenta de que tenía bastantes, por fin, de modo que en cuanto Sam llegó a casa, pues... Sam, ¿hemos almorzado siquiera?

Sam estaba pintando al hombre de Quaker Oats con la mayor aplicación del mundo, la punta de la lengua entre los dientes y un chafarrinón anaranjado en la nariz.

—Sí —repuso—. Perritos calientes.

La madre de Anastasia dejó el trapo en el suelo y se puso de pie.

—Cenar... —dijo—. Cenar... vamos a ver. ¿Sabéis una cosa? Para poder disponer de esa última caja, la que va a servir para hacer el furgón de cola, he vaciado en una bolsa de plástico los cereales que quedaban en ella. Quizá podría...

—¡Mamá! —gimió Anastasia—. ¡No quiero cereales para cenar! ¡Aborrezco los cereales!

—Yo no —dijo Sam alegremente—. A mí me encantan los cereales, porque gracias a ellos voy a tener un tren.

Anastasia se dirigió a la puerta del estudio, furiosa.

—Voy a la cocina —declaró—, y voy a examinar el contenido del frigorífico, y más vale que haya algo en ella que pueda servirnos para cenar. Porque va contra la ley matar de hambre a la familia, mamá. Si llamo a ese número de teléfono especial que yo me sé... ese número al que llama uno si sabe de una «familia en apuro muy grave...» enviarán asistentes sociales para investigar.

Su madre se echó a reír.

—Tenemos huevos —dijo—. Haré una tortilla. Le pondré queso y cebolla y pimientos verdes y creo que tengo unos pocos champiñones. Ya puede venir tu asistente social, Anastasia, que olerá tan bien que querrá que le invitemos a cenar.

—Ketchup —dijo Sam—. Le pones ketchup también.

Anastasia dio un sorbetón por la nariz. Era una especie de aspiración nasal que había practicado mucho en su cuarto, una especie de ruido displicente que sabía hacer con la nariz y que significaba: «Yo estoy por encima de esas cosas». Lo que imaginaba que haría la reina Isabel si Diana hubiese pedido que cambiara los pañales a William.

—Madre —dijo—, me gustaría tener una conversación contigo en privado. Me gustaría que fuese ahora, antes de que llegue papá, y no quiero que esté tampoco Sam, porque es una conversación de mujer a mujer.

Su madre suspiró, dejó su pincel en una lata con agua, y dijo:

—Sam, sigue haciendo el naranja, ¿vale? A lo mejor te da tiempo a pintar dos cajas más antes de que sea hora de lavarte para cenar.

Sam asintió solemnemente con la cabeza, de nuevo con la lengua entre los dientes.

La señora Krupnik siguió a Anastasia por el pasillo hasta la cocina. Los pies de Anastasia iban haciendo tras, tras, tras; en parte porque estaba contrariada, y en parte porque llevaba puestas sus pesadas botas camperas, por las que sentía especial predilección. Los pies de su madre no hacían absolutamente ningún ruido porque andaba descalza. Los pies de Katherine Krupnik estaban manchados de reluciente pintura azul.

Se sentaron en dos sillas de la cocina, una frente a otra, en lados opuestos de la mesa redonda.

—¿Qué pasa? —preguntó la señora Krupnik con aire jovial—. ¿Tienes trastornos de índole femenina?

—No —dijo Anastasia con voz adusta—. La que los tiene eres tú.

—¿Yo? ¿Una persona sana, feliz y amable como yo?

Aunque todavía estaba enojada, Anastasia empezaba a sentir una punzada de compasión. Su madre ni siquiera se había dado cuenta de que tenía ese problema. «Seré cariñosa con ella», decidió.

—Mamá —dijo con la mayor dulzura que pudo—, creo que estás entrando en la menopausia.

—Cerveza —dijo su madre, tras un largo silencio. Se levantó y abrió la nevera—. Voy a tomarme una cerveza.

—Clásico —murmuró Anastasia—. Mecanismo de evasión clásico.

Su madre abrió el bote con un siseo, tomó un trago e hizo un expresivo gesto.

—¡Uf! —exclamó—. Detesto la cerveza. Pero detesto aún más esta conversación. ¿Se puede saber qué demonio quieres decir, Anastasia?

Anastasia cogió el salero, se echó una pizca de sal en la palma de la mano, la recogió con la punta de un dedo y se lo chupó. Era algo que hacía siempre cuando pensaba; al menos si pensaba en la cocina, claro. Tiene uno que hacer algo con las manos si le embargan graves y dolorosos pensamientos.

—Mamá —dijo por último—, te estás volviendo muy extravagante.

Su madre tomó otro sorbo de cerveza e hizo otro gesto.

—Explícame lo que quieres decir con eso —dijo al fin.

—Es un tanto difícil de describir —comenzó Anastasia.

—Me lo figuro. Inténtalo de todos modos, por favor.

—Bueno, yo te tenía en una estima extraordinaria. Pensaba que eras una madre realmente intachable. Solías ser divertida. Pero últimamente...

—¿Sí? Continúa. Cuéntame qué es lo que pasa últimamente —y bebió cerveza de nuevo. Esta vez ni siquiera hizo un gesto.

—Bueno, tu vestimenta, por ejemplo. Es que da vergüenza. Siempre llevas vaqueros. Ni siquiera voy a gusto contigo por la calle porque no pareces una madre normal.

—Ya entiendo —dijo su madre lacónicamente—. ¿Y qué más?

—Siempre estás haciendo estupideces. Como el cisco que armaste con mis pobrecillos hámsters, por ejemplo. La nota en la aspiradora. ¿Y si yo hubiera traído conmigo a una amiga? ¿Y si una amiga mía hubiera visto esa nota en la aspiradora? Y por el amor del cielo, mamá, luego te encuentro en el suelo con millones de cajas de cereales haciendo una me-mez de tren. ¿Y si una amiga hubiera visto eso? No puedo imaginarme la vergüenza que habría pasado si llega a ocurrírseme traer hoy a casa a una amiga. No quiero que mis amigas sepan la clase de estupideces que haces.

Anastasia lamió un poco más de sal de la punta de su dedo. Estaba empezando a sentirse perfectamente desdichada.

—¿Y todo eso ha comenzado a ocurrir sólo últi-mamente, dices? —inquirió su madre.

—Sí. Ha sido solamente, vamos, como en las dos últimas semanas.

—Pero te he dicho que llevaba guardando esas ca-jas de cereales casi dos años. Desde que Sam era un nene chiquitín. ¿No decías que era extravagante y es-túpido... guardar cajas de cereales para hacer un tren? Pero por otra parte dices que hasta hace poco yo era estupenda.

—Bueno, yo sólo he empezado a notarlo hace poco —murmuró Anastasia, mirando al suelo.

—Y siempre he llevado vaqueros. Soy pintora, de modo que me cuadran los pantalones vaqueros. ¿Quieres que vista un traje sastre cuando estoy ante un caballete?

Anastasia no supo qué contestar. Finalmente, casi en voz baja, dijo:

—Ojalá no fueras pintora. Ojalá fueras simple-mente una madre normal.

—¿Como quién? Dame un ejemplo.

—Bueno, la madre de Daphne. Siempre lleva vestido y maquillaje...

—El maquillaje me produce picor en la cara.

—... y cuando voy a casa de Daphne después de clase, su madre siempre está tomando el té con alguien, o jugando al *bridge*. Y es maestra en la escuela dominical.

—Anastasia, en la madre de Daphne eso es normal. Es la esposa del ministro de la Iglesia Congregacionalista. Pero no sería normal en mí. La normalidad varía según las personas, ¿no entiendes?

Anastasia dio un puntapié a la pata de la mesa con su bota campera. Suspiró.

—Pues no me gusta tu normalidad —añadió.

Su madre se reclinó hacia atrás en su silla. Se rascó la planta de uno de sus pies descalzos restregándola contra los vaqueros. Tomó un sorbo más de cerveza. Pensaba. Empezó a sonreír un poco.

—Anastasia —dijo—, creo que ya sé lo que pasa. Quiero que pienses un minuto en tus amigas. Y que me des respuestas sinceras, ¿lo prometes?

—Yo siempre soy sincera.

—Cierto. Está bien. Piensa un minuto en Daphne Bellingham. ¿Piensa ella que su madre es fenomenal?

—No —admitió Anastasia—. Ella piensa que su madre es extravagante y enfadadiza.

—Meredith Halberg. ¿Qué piensa Meredith Halberg de su madre?

Anastasia dio un suspiro.

—No puede soportar a su madre. Porque su madre tiene acento danés y eso da tanta grima... Tiene dicho a su madre que no hable nunca cuando lleve a

31

casa a sus amigas de la escuela —Anastasia dejó oír una risita tonta.

—Otra más. Sonya. ¿Cómo se apellida, esa amiguita tuya tan guapa que se llama Sonya?

—Isaacson. Bueno, su madre... menudo suplicio. Su madre está gorda.

—Gorda que da vergüenza, ¿no es eso?

—Desde luego.

La madre de Anastasia empezó a reír con una risa contenida, satisfecha. Dejó en la mesa su bote de cerveza, casi lleno todavía, como si ya no lo necesitara más.

—Cariño mío —dijo—. Déjame que te explique lo que pasa. Debía haberme dado cuenta mucho antes. ¿Dices que todo empezó hace un par de semanas?

—Cosa así. Por lo menos es cuando empecé yo a notarlo.

—¿Recuerdas lo que sucedió hace un par de semanas?

Anastasia se encogió de hombros.

—Nada de particular. Me salió fatal un examen de matemáticas. Fui con Sonya y Meredith a una almoneda en un garaje y papá me echó una bronca porque me gasté cinco dólares en trastajos. Hay otra almoneda este sábado, mamá, conque te advierto que a lo mejor vuelvo a gastar dinero en trastajos.

—¿No recuerdas que papá y yo te llevamos a cenar a un restaurante chino?

—Sí. ¿Y qué? ¿Había algo en el cerdo agridulce que te hiciera volverte extravagante?

—Qué bobada —su madre sonrió divertida—. ¿Por qué te llevamos a cenar fuera?

—¿Esto qué es, un cuestionario? Era mi cumpleaños. Cumplía trece años.

—Exacto. ¿Y qué edad tienen tus amigas? ¿Cuántos años tiene Daphne?

—Trece.

—¿Y Sonya?

—Trece.

—¿Y Meredith?

—Le falta muy poco para los trece. ¿Qué tiene eso que ver con esto?

Su madre se levantó y empezó a sacar huevos del frigorífico. Seguía sonriendo con aire divertido.

—Lo había olvidado. ¿Cómo puedo ser madre y olvidar una cosa tan importamte?

—¿El qué, mamá? Me fastidia cuando te pones tan misteriosa.

—Es algo que sucede allá por los días en que se cumplen los trece años. Me sucedió a mí. Mi caso fue mucho peor que el tuyo; ¿cómo he podido olvidarlo? Mi madre y mi abuela me llevaron a Nueva York el día en que cumplía los trece años y me daban ganas de morirme de tan avergonzada como estaba. Mi madre llevaba aquel abrigo suyo con cuello de pieles y parecía como si llevase no sé qué animal enrollado al cuello: era tan repelente... Y mi abuela usaba peluca y hablaba con acento ruso. Yo caminaba lo más apartada de ellas que podía, para hacer como que no eran nada mío.

—No sé adónde quieres ir a parar. ¿Es que las madres cambian y se vuelven repelentes cuando cumplimos los trece años?

—Nada de eso. Las madres siguen siendo lo mismo; son los que cumplen trece años los que cambian, y las madres entonces parecen repelentes.

—¿Les ocurre a todas?

—Estoy segura de que sí. Apuesto lo que quieras a que en Alaska, las niñas esquimales de trece años se reúnen y hablan de lo extravagantes que son sus madres. En China. En África. En todas partes.

—¿Por qué? ¿Por qué sucede así?

La madre de Anastasia estaba batiendo los huevos en un cuenco.

—Pues si quieres que te diga, no lo sé, mira. Apuesto a que es cosa de hormonas. Cuando las personas empiezan a madurar físicamente, todas esas hormonas se movilizan, o algo así.

—Bueno —dijo Anastasia con marcado enojo—, pues deberían prevenirle a una. Todos esos libros insulsos que te hacen leer, sobre lo del período y cosas de esas. Sólo que ahí se trata de cosas normales. ¿Por qué no le advierten a una sobre las anormales, como la de empezar a odiar una a su madre?

—¿Pues sabes una cosa? Yo creo que sí lo hacen. ¿No había un capítulo en ese libro que tú tenías? ¿Un capítulo titulado «Cambios emocionales» o algo por el estilo?

Anastasia dio un suspiro.

—Sí —reconoció—. Pero no lo he leído, porque daba la impresión de ser aburrido. Todo el libro resulta aburrido, pero ese capítulo parecía como el más aburrido de todos, con excepción acaso del titulado «Higiene personal». Así que ni siquiera lo leí. Y ahora resulta que las cosas más importantes estaban en él.

—Bueno —dijo su madre—, probablemente el leer- lo no te habría servido de mucho, porque de todos modos seguirías sintiendo igual. Me detestarías lo mis- mo —dijo alegremente, y se puso a trocear un pi- miento verde.

Anastasia miraba al suelo. Estaba descorazonada. Totalmente descorazonada.

—¿Qué puedo hacer entonces? —preguntó—. ¿Hay algún remedio?

—El tiempo. Ya se te pasará. Entretanto, preciosa mía, ¿querrías lavar a Sam para la cena?

Anastasia dio un golpetazo en la mesa con el sale- ro. Se levantó.

—¿Por qué ha de ser —preguntó con voz destem- plada— que siempre tengo yo que andar detrás de ese mocoso y cambiarle los cochinos pantalones mo- jados y lavarle sus puercas manos? Ninguna otra ma- dre manda a su hija hacer cosas así. Ninguna nada más que tú. De todas las madres del mundo, me tuvo que tocar a mí la única que...

Se detuvo en seco. Su madre estaba que reventa- ba de risa.

—¡Y no te rías! —rugió Anastasia.

Salió de estampida de la cocina y subió la escale- ra. A la puerta de su cuarto se detuvo y dio a la aspira- dora un puntapié que la tumbó de lado. Entró en su habitación y cerró la puerta con estrépito.

Anastasia dejó el lápiz y suspiró. Echó una mirada a los hámsters. No resultaban tan divertidos como se había figurado. Acaso cuando *Julieta* tuviera sus bebés dentro de —Anastasia echó la cuenta— veintidós días, si es que las cosas marchaban como cabía suponer...

Anastasia Krupnik
Clase del señor Sherman

**El 13 de octubre** adquirí dos hámsters chiquitos, preciosos, que viven en una jaula en mi dormitorio. Se llaman *Romeo* y *Julieta* y son muy cariñosos. Parece que se quieren uno a otro una barbaridad. Puesto que viven en la misma jaula como macho y hembra, espero que tengan hamstercitos. Mi libro sobre hámsters dice que la gestación dura veinticinco días. Me figuro que están ya apareándose porque se comportan con mucho cariño, así que contaré el día de hoy como *día primero* y luego los observaré durante veinticinco días y espero que el día 25 nazcan sus bebés.

Este será mi trabajo de Ciencias Naturales.

*día 3*

Mis hámsters no han cambiado mucho. Se pasan el tiempo echados en su jaula y duermen un montón. Ambos tienen exceso de peso, porque comen demasiado, y se parecen a la madre de Sonya Isaacson, al menos en lo gordos que están.

En la personalidad se parecen a mi madre. Son de lo más cascarrabias.

Sam llamó a la puerta. Asomó la cabeza.

—Tenías que lavarme para la cena, ¿no? —dijo mirando la pintura anaranjada que traía en el pelo, en la ropa y por toda la cara.

De mala gana, Anastasia le dio la mano y se dirigió con él al cuarto de baño.

—¿Por qué está la aspiradora tumbada en mitad del pasillo? —preguntó Sam inocentemente.

—Es algo que me tiene sin cuidado —dijo Anastasia con su voz de reina Isabel.

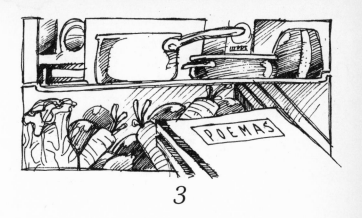

## 3

ERA asombroso —pensaba Anastasia mientras co-
mía—, cómo sabía su madre convertir un avío de
nada en una cena decorosa.» Al volver de la escuela,
cuando encontró aquel trozo de pollo frío en que hincar el diente, le había dado la impresión de estar el frigorífico totalmente vacío. Un frigorífico que habría
podido pertenecer muy bien a campesinos hambrien-
tos de la India: un par de botes de cerveza, un cartón
de huevos y unos pocos recipientes de plástico con
sobras. En los anaqueles del lado interior de la puerta
había de todas esas cosas que viven siglos en los frigo-
ríficos: mostaza, ketchup, mayonesa y aderezos para
ensaladas.

Y en el cajón de abajo del todo, lo único que había era una carpeta llena de poemas. Su padre estaba terminando de escribir un nuevo libro de poesía, y
siempre guardaba sus manuscritos inconclusos en el

cajón de la nevera, el sitio donde las personas normales guardan la lechuga. Solía decir que si la casa ardiera de arriba abajo, el frigorífico probablemente no ardería, y de este modo su libro inédito estaba a salvo.

Hubo un tiempo —cuando era más niña y más ingenua— en que Anastasia pensaba que aquello era realmente irreprochable. Por aquel entonces abría siempre la nevera cuando tenía amigas de visita, para enseñarle el cajón de abajo lleno de poemas, con inmenso orgullo.

—Eh —decía como sin darle importancia—, ¿a que vuestro padre no guarda sus manuscritos en el frigorífico?

Y ellas respondían que no. Sus padres no escribían poemas; sus padres eran programador de informática, abogado, electricista... Cerrando de nuevo el frigorífico, Anastasia respondía cortésmente justo con el tono en que lo habría dicho la reina Isabel.

—Lástima.

Pero posteriormente lo del cajón del frigorífico había empezado a avergonzarla un poco. Siempre deseaba, cuando andaban sus amigas por allí, que no se les ocurriese ir a buscar una zanahoria.

De modo que no sólo era su madre, constataba Anastasia, la que le daba motivos para avergonzarse en la actualidad. Era su padre también. Y Sam, por supuesto. Sam era una humillación como una casa. Llevaba los pantalones habitualmente mojados, la cara siempre sucia y —lo más humillante de todo— tenía un coeficiente intelectual de lo menos mil millones. ¡Si estaba aprendiendo a leer él solo, por el amor de Cristo, y no tenía más que tres años! Y escribía a máquina. ¡Para morirse ya!

Una vez, poco después de comenzado el curso, cuando Anastasia estaba empezando a hacer amigas allá en el nuevo barrio al que se habían trasladado ese mismo verano, Sonya Isaacson vino a casa con ella por la tarde. La puerta del despacho estaba cerrada, pero desde fuera se podía oír el ruido de la máquina de escribir.

—Tu padre debe de estar ahí escribiendo un libro —dijo Sonya con rendida admiración, porque Anastasia había faroleado un poco acerca del escritor tan famoso que era su padre.

—Me figuro que sí —le respondió Anastasia.

Sabía que no era cierto. Su padre estaba dirigiendo un seminario esa tarde en Harvard. Había intentado empujar a Sonya para pasar de largo ante el despacho y subir la escalera hacia su cuarto. Pero el ruido de la máquina de escribir se interrumpió y Sonya vaciló un poco. Quería ser escritora famosa ella también, de modo que se moría por conocer al padre de Anastasia Krupnik, que había sido propuesto para el premio del Libro Americano el año anterior.

Entonces la puerta del despacho se abrió y Anastasia pudo sentir a Sonya a su lado, muy erguida, lista para estrechar la mano del famoso Myron Krupnik, que había sido calificado de Maestro de la Imagen Contemporánea en la primera página de la *New York Times Book Review*.

Pero el que salió fue Sam: descalzo, sucio, mojado (aunque Anastasia pensó que Sonya quizá no se diera cuenta de aquella humedad), y sosteniendo en la mano una hoja de papel mecanografiada. Levantó el papel y lo mostró con orgullo.

—Estaba escribiendo un cuento —declaró, y acto seguido salió a paso ligero para la cocina.

Anastasia hizo un gesto de desagrado y empujó a Sonya escaleras arriba.

—No era más que el idiota de mi hermano —explicó—, que enreda con la máquina de escribir de papá. Le gusta hacer asteriscos.

Pero Sonya había alcanzado a ver bien el papel de Sam.

—Eso no eran asteriscos —dijo—. Ponía: «aeroplano. cielo. zumba. cae. paf.»

—Probablemente sin mayúsculas —dijo Anastasia malhumorada—. Sam es tan pronto...

Pero en todo lo que quedaba de escalera, en todo el camino hasta el tercer piso donde estaba el cuarto de Anastasia, Sonya, sorprendida, no había dejado de decir con voz chillona:

—¿Tonto? ¿A eso lo llamas tonto?

Y ahora, en este mismo instante, allí estaba Sam sentado a la mesa, aupado en la silla por dos tomos de la *Enciclopedia Británica*, virtiendo ketchup por toda una tortilla de champiñones. ¡Para estomagar a cualquiera!

«Necesito ayuda», pensó Anastasia. Era preocupante que no advirtiesen siquiera la gravedad de todo aquello.

—Papá —dijo—, tengo una crisis emocional grave.

Sam levantó la mirada de su plato con la cara radiante de interés.

—¿Emocional? —inquirió—. ¡Eso lo sé yo!

—Sam —dijo suavemente la señora Krupnik—, no creo yo que...

—Sí —dijo Sam, asintiendo con la cabeza vigorosamente—. ¡Hoy en la escuela hemos aprendido eso de las emociones! ¡Mirad! ¡Voy a enseñaros las emociones que sé hacer!

Se bajó de su silla. Anastasia dio un suspiro de resignación. Había ketchup en el babero de Sam. Lo había en sus manos. Lo había hasta en una de sus orejas.

Sam se demoró un momento junto a su silla; luego echó a correr a toda velocidad en torno a la mesa del comedor. Todos sintieron el corazón en un puño cuando pasó cerca del aparador lleno de platos antiguos, pero lo salvó por un par de centímetros.

De regreso junto a su silla, Sam jadeó un momento y luego dijo:

—Ésa ha sido mi emoción de correr. Mirad ahora.

Saltó en el aire y aterrizó con un fuerte golpetazo. El hielo del vaso de agua del doctor Krupnik tintineó con la trepidación.

—Esa ha sido mi emoción de saltar —declaró Sam—. Mirad ahora esta otra.

Se puso en equilibrio sobre una sola zapatilla y brincó a la pata coja hasta la mitad del comedor.

—La emoción de saltar a la pata coja —dijo en el colmo de la felicidad.

Sus padres y hermana le observaban en el colmo del asombro. Pero de pronto la señora Krupnik sonrió, indulgente.

—Sam —dijo—, de lo que tú hablas es de *mocio-*

*nes*. Que no es exactamente lo mismo. Ahora vuelve a la mesa y termina de cenar.

—Vale —dijo Sam. Se encaramó de nuevo a su silla y echó mano al tarro del ketchup—. Esta ha sido mi emoción de trepar —explicó—. Y sé hacer más. Cuando me bañe os enseñaré mi emoción de nadar.

Anastasia tenía ahora ambos codos apoyados sobre la mesa y la cabeza entre las manos.

«Vivo con una familia de lunáticos —pensaba—. No creo que consiga sobrevivir.»

Levantó la cabeza y echó atrás los hombros.

—Papá —dijo aseverativamente— y mamá, creo que debería ir a un psiquiatra.

—¿A un qué? —preguntó su padre.

—¿A quién? —preguntó su madre.

—A un psiquiatra. Siento como si todas las facultades mentales se me estuvieran encogiendo.

—¡Yo también! —dijo Sam—. ¡Yo también quiero ir! Miradme: ¡estoy encogiendo! —y, riéndose, se dejó resbalar de sus tomos de enciclopedia y poco a poco desapareció debajo de la mesa.

—¡Soy el Increíble Hombre Menguante! —gritó desde su situación invisible—. Lo he visto por la tele.

Anastasia dejó de golpe su servilleta sobre la mesa.

—Esa será tu emoción de encoger, ¿no? —dijo sarcásticamente a Sam, que continuaba invisible—. ¿Querréis disculparme? Se me ha quitado el apetito.

Su madre asintió con la cabeza y Anastasia recogió su plato para llevárselo a la cocina.

—Hablaremos de eso después, jovencita —dijo su padre—. Cuando Sam esté en la cama.

—No —dijo su padre con firmeza—. De ninguna de las maneras.

Anastasia echó una mirada a su madre, que no había dicho nada. Pero su madre estaba diciendo que no con la cabeza, de acuerdo con su padre. La traidora. En los viejos tiempos, los buenos viejos tiempos, su madre se ponía muy a menudo de su lado. Pero ahora se limitaba a estarse allí sentada, dándole la razón a él: el típico comportamiento traicionero.

Sam estaba arriba acostado, limpio de ketchup, exultante con el aplauso que había recibido de sus padres por su demostración de emociones natatorias en la bañera. Ahora sonaba música suave en el estéreo y crepitaba una buena lumbre en la chimenea. Los padres de Anastasia tomaban café. Era la escena de que solía gustar tanto Anastasia, cuando tenía menos años, antes de convertirse en una persona gravemente trastornada: una velada confortable, reflejándose el resplandor del fuego en los libros encuadernados en piel y dispuestos en ordenadas hileras por todas las paredes del despacho. Ahora estaba lastimeramente en un rincón del sofá, hecha un ovillo, lanzando miradas asesinas a su padre y a su madre. ¿Cómo podía ser hija de aquellos crueles e insensibles progenitores?

Probablemente —pensaba—, la habrían adoptado en secreto. Probablemente sus verdaderos padres estarían lejos de allí, Dios sabe dónde; personas buenas, normales: una mujer que se pondría vestidos y jugaría al *bridge*; un hombre que haría pólizas de seguros y que no guardaría en el cajón de la nevera otra cosa que rábanos y pepinos.

En cierta ocasión en que les preguntó, le habían

referido el aspecto que tenía cuando nació. Le habían dicho que al principio era repulsiva, y berreaba, y se hizo pis en la mano de la enfermera; pero luego, dijeron, había empezado a mejorar de aspecto, hasta llegar a ser, probablemente, la criatura más linda de la Maternidad. También habían admitido que en la Maternidad sólo había dos bebés; el otro era un bebé chino llamado Stanley Wong.

Pero todo eso podía ser un cuento que se habían inventado. De pronto le parecía evidente que se lo habían inventado. Los chinos no ponen a un niño ese nombre de Stanley, por el amor de Dios.

En algún lugar lejos de allí, una jugadora de *bridge* y un agente de seguros —personas buenas y comprensivas— estarían lamentando haber dado en adopción a una criatura tan encantadora.

Anastasia suspiró y el ensueño se disipó. El problema inmediato que tenía que arrastrar estaba allí.

—¿Y por qué no? —inquirió, ceñuda.

—A un nivel puramente práctico —dijo su padre, con su voz puramente práctica que ella detestaba—, sería financieramente imposible. Los psiquiatras cuestan una barbaridad.

—Papá —dijo Anastasia, imprimiendo a su vez toda la admiración que pudo, dado el hecho de que aquel hombre era un villano insensible—, tú eres un autor muy famoso. Te propusieron para el premio del Libro Americano, ¿no es así? Y los autores famosos ganan montones de dinero. Esa señora que escribe relatos fantásticos es millonaria. Judith Krantz es probablemente millonaria. Y, a buen seguro, Judy Blume es millonaria también.

—Tal vez, Myron, deberías considerar la conveniencia de cambiar tu nombre por el de Judith —dijo la señora Krupnik. Sonrió maliciosa e hizo un guiño.

Anastasia se sintió desfallecer. Sus padres eran realmente estomagantes: siempre estaban con sonrisitas y con guiños, ¡por el amor del cielo!

—Yo soy profesor de Harvard, Anastasia —dijo el doctor Krupnik—. Y, como dedicación aparte, soy poeta. Un poeta con bastante éxito, es cierto. Pero el hecho es que nadie compra poesía. Nadie lee poesía. Todo lo más que hacen es dar premios de poesía. Y si pienso demasiado en todo eso puedo caer en una depresión grave, y entonces seré yo quien necesite un psiquiatra.

—Recuerdo, Myron —dijo su madre—, que cuando me propusiste que me casara contigo, dijiste: «Katherine, yo nunca seré rico», y yo repuse... —vaciló un momento—. Bueno, es demasiado personal, lo que dije.

Entonces fue él quien sonrió maliciosamente e hizo un guiño. ¡El muy grosero!

Anastasia se alegró de que su madre no hubiera pasado a referir lo que había dicho. Probablemente sería algo romántico. Sus padres siempre estaban haciendo eso, hablando de cosas románticas; siempre estaban abrazándose y besándose, además... incluso delante de otras personas. Anastasia sentía vergüenza ajena sólo de pensarlo. ¡Delante de otras personas, abrazándose y besándose! ¡Hace falta descaro! Allá en los días pasados, ni siquiera había reparado en tales cosas.

—De todas formas —prosiguió su padre—, el dinero no es lo esencial. Es importante, porque no disponemos de ello. Pero aunque lo tuviésemos, diría que no, Anastasia.

—¿Por qué?

—Porque tú no necesitas un psiquiatra. Las personas que necesitan psiquiatras, y las hay a montones, son personas que están emocionalmente trastornadas.

—Y yo estoy tratando precisamente de deciros que estoy emocional...

—Tú no tienes ni el más ligero síntoma de una neurosis leve tan siquiera. Lo que experimentas es una reacción absolutamente normal en el crecimiento. Al llegar a los trece o catorce años, los chicos se dan cuenta de repente de que sus padres son humanos. Naturalmente, esto reviste la forma de un choque emocional —el doctor Krupnik hizo ademán de coger el periódico de la tarde.

—¿Humanos? ¡¡Humanos!! —Anastasia emergió del ovillo en que se enroscaba y se sentó derecha como una vela—. ¿Llamas ser humanos a no hacer caso de mi sufrimiento? ¿Cómo sabes que yo no tengo síntomas de necrosis?

Su padre disimuló una sonrisa.

—Neurosis. Necrosis significa «muerte». Viene del griego.

—Está bien, está bien; soy una burra; no sé griego. Y no estoy muerta, eso te lo garantizo. Dime algún síntoma de neurosis. Apuesto a que los tengo todos.

El doctor Krupnik dejó a un lado el periódico y se acarició la barba. Estiró sus largas piernas, con sus pantalones de pana, acercándolas al fuego.

—Bueno —dijo—, no soy experto en la materia. Enseño inglés, no psicología. Pero he aquí un ejemplo: algunas personas muy neuróticas padecen una serie de temores irracionales. Algunas tienen miedo cuando se encuentran en medio de una multitud. A otras les asustan los espacios abiertos. Y por supuesto, están los claustrofóbicos básicos: personas que no pueden siquiera entrar en un ascensor porque los espacios cerrados les aterran. O bien...

—Ese sin duda no es tu caso, Anastasia —dijo su madre—. ¿Recuerdas cuando te me extraviaste en Jordan Marsh? Tenías unos seis años. Y luego resultó que estabas subiendo y bajando en el ascensor, ¿te acuerdas? No te habías molestado en salir en la cuarta planta, cuando yo lo hice, porque te gustaba tantísimo el ascensor.

—Sí, sí que me acuerdo —dijo Anastasia—. Fue divertido aquello. Tú estabas fuera de tus casillas, de todos modos.

—La verdad, yo no creo que tú tengas temores neuróticos de ninguna clase. Anastasia —continó su padre.

—Bueno, tengo un terror mortal a aquella antigua película francesa: *Diabolique*. Pero no creo que eso cuente. Cualquier persona normal se estremecería de miedo viendo esa película.

—Hasta yo mismo —dijo su padre—. Mira, vuelven a darla por televisión, el sábado por la noche a última hora. ¿Quieres quedarte y verla conmigo?

Anastasia se estremeció.

—No. Dime más síntomas psiquiátricos.

—¿Insomnio?

50

—Nada.

—¿Pérdida del apetito?

Anastasia negó con la cabeza.

—No. En la cena he dicho que había perdido el apetito, pero era sólo a causa de Sam. En realidad, después de llevarme el plato a la cocina me comí allí lo que quedaba.

—¿Incapacidad de concentrarte? Ese es otro síntoma.

A Anastasia se le iluminó el rostro.

—Puede que ese último sí lo tenga. Me cuesta una barbaridad prestar atención en clase de matemáticas.

—Eso no cuenta —dijo su padre—. Quiero decir auténtica incapacidad para concentrarte, como si no pudieses seguir esta conversación siquiera.

La señora Krupnik bostezó.

—Yo soy la que apenas puede seguir esta conversación, tengo tanto sueño... Me voy a la cama en cosa de cinco minutos.

—Problemas sexuales —continuó el doctor Krupnik—. ¿Tienes problemas sexuales, Anastasia?

—¡Papá! Deja ya de ser grosero.

Rió él con risa ahogada.

—Vamos a ver. Delirios de grandeza. ¿Piensas alguna vez que podrías ser, es un decir, la reina de Inglaterra?

Anastasia se animó de pronto. Puso su cara de reina de Inglaterra, levantando las cejas todo lo que pudo y contrayendo la boca y achicándola hasta reducirla a la mínima expresión.

—A veces me siento terriblemente angustiada por

51

las condiciones de esta casa plebeya de clase baja —dijo, mirando a su padre con olímpica altivez.

Su madre bostezó de nuevo.

—Yo también —dijo—. Nadie ha fregado los platos esta noche. Todavía están en la pila. Te tocaba a ti, Myron: es jueves.

El señor Krupnik torció el gesto.

—Lo haré por la mañana —dijo—. Anastasia, se me están agotando los síntomas. Veamos: ¿Crees alguna vez que alguien trata de envenenarte?

—¡Ahí está! —dijo Anastasia—. ¡Ése es el que tengo! Hoy mismo, sin ir más lejos, mamá ha dicho que iba a poner cereales para cenar. ¡Qué mayor veneno!

—Vamos, jovencita. Los cereales para cenar son repelentes, estoy de acuerdo contigo. ¿Pero has pensado en serio que tu madre iba a echarles furtivamente vidrio molido?

—No —admitió Anastasia, de mala gana.

—Bien, pues entonces, un último síntoma. ¿Alguna vez oyes voces?

—Claro. Ahora mismo estoy oyendo la tuya.

—No, quiero decir voces fantasmas, dentro de tu cabeza. Voces que no están realmente ahí, pero tú las oyes de todos modos.

Esa era una idea interesante. Anastasia nunca las había oído. Pero es que nunca había puesto atención, en realidad.

—Shhhh —dijo—, deja que escuche un minuto.

La señora Krupnik volvió a bostezar, lo más silenciosamente posible. Los tres permanecían sentados sin hablar, ladeada la cabeza, escuchando.

—Myron —susurró la señora Krupnik—, ¡creo que he oído una voz!

—¡Yo también, papá! —dijo Anastasia en voz alta—. ¡Es verdad, he oído una voz! No podría asegurar lo que decía, de todos modos. Sonaba muy lejos.

Su padre se levantó y se llevó el índice a los labios.

—Shhh —dijo—, escuchad. ¿Qué es eso?

La voz distante se había interrumpido, pero ahora oían pasos en el piso de arriba. Pasitos menudos.

—Es Sam —dijo la señora Krupnik—. ¿Qué hace levantado a estas horas?

Los pasos llegaron al descansillo de la escalera, y ahora pudieron oír su voz fuerte y clara.

—¡He devuelto! —gritó Sam alegremente—. ¡Por toda la cama!

—¡Qué risa! —exclamó Anastasia.

—¡Es casi todo ketchup! —dijo la voz.

La señora Krupnik bostezó, se desperezó y se inclinó hacia atrás en su sillón.

—Me parece que voy a leer un rato —dijo, y cogió una revista ilustrada—. Myron, es jueves, ¿recuerdas?

El doctor Krupnik suspiró.

—Lo sé —dijo—. Mi turno de limpieza. Toma —dijo, cuando se levantó de su sillón. Se dirigió a la estantería, sacó un libro y se lo dio a Anastasia—. Lee a Freud si quieres saber de psiquiatría.

Cuando su padre subió para ocuparse de Sam, Anastasia se volvió hacia su madre, que estaba enfrascada en un artículo de la revista.

—Papá se ha olvidado de una cosa importante —dijo Anastasia.

—¿De qué?

—¿Recuerdas aquella película que vimos en la tele? *¿Sybil?* ¿Y Sally Field, la protagonista que tenía todas aquellas personalidades diferentes?

—Desde luego —dijo su madre—, Joanne Woodward era la psiquiatra que la curaba. Es una buena película. Me pregunto por qué te dejé verla, de todos modos. Eras demasiado pequeña. No tenías más que unos ocho años.

—No era demasiado pequeña —dijo Anastasia—. Me encantó aquella película. Nunca la he olvidado. Pero hasta ahora no me había dado cuenta de que yo soy como Sally Field. O sea, Sybil.

Su madre suspiró, exasperada.

—¡Anastasia, tú no eres psicótica!

—¡Yo tengo todas esas personalidades diferentes bullendo dentro de mí! ¡Lo que se dice bullendo, mamá!

Finalmente su madre cerró la revista de golpe y la arrojó sobre la mesita de café.

—Anastasia, escúchame. Tú tienes montones de partes diferentes en tu personalidad. Como todo el mundo. Pero básicamente eres una chica de trece años muy sensata y muy inteligente que está experimentando una dificultad normal para adaptarse a la adolescencia. ¿Has oído esa palabra, «normal»?

Anastasia la fulminó con la mirada.

—Y parte de tu personalidad —prosiguió su madre— es aborrecible. Francamente, en estos últimos tiempos te estás volviendo aborrecible. Y estoy cansada y desearía que te fueses a la cama, porque mañana es día de escuela.

Anastasia continuaba fulminándola. No decía ni

palabra. «Ojos acerados —pensó—. Estoy mirando a mi madre con ojos de acero.»

—Tú quieres que yo sea Joanne Woodward, ¿no? —preguntó su madre. Ahora estaba enfadada de veras, Anastasia se daba perfecta cuenta. La mirada de ojos acerados había hecho su efecto. Sally Field tenía esos mismos ojos acerados cuando era Sybil—. ¿Quieres que te diga cosas inteligentes, confortantes, curativas? ¿No es así? ¿Como Joanne Woodward?

—Sí —dijo Anastasia con una dignidad de acero—. Eso sería lo indicado, pienso yo.

—Bueno, pues deja que te diga una cosa. ¡Joanne Woodward tenía un guión! ¡Alguien escribió de antemano todo su diálogo! ¡Y ése es todo el maldito calvario de ser madre, que no hay guión! —la señora Krupnik estaba furiosa—. ¡Y ahora, vete a la cama!

Anastasia se levantó con perfecta compostura y ladeó la nariz en el aire, con las gafas caídas y en precario equilibrio a mitad de camino.

—Buenas noches —dijo fríamente y dirigió un altivo movimiento de cabeza a su madre, que estaba empezando a mirar con ojos bastante acerados, también.

Salió de la estancia, llevándose el tomo de Freud, y enfiló escaleras arriba.

En el segundo piso, cuando se dirigía hacia la pequeña escalera que llevaba a su dormitorio, en la tercera planta, alcanzó a oír a Sam chapoteando en la bañera, y por la puerta abierta del dormitorio de Sam, pudo ver a su padre inclinado en la tarea del cambio de sábanas. Tuvo una fugaz visión de ketchup y apartó los ojos más que deprisa.

## Anastasia Krupnik
## Clase del señor Sherman

**El 13 de octubre** adquirí dos hámsters chiquitos, preciosos, que viven en una jaula en mi dormitorio. Se llaman *Romeo* y *Julieta* y son muy cariñosos. Parece que se quieren uno a otro una barbaridad. Puesto que viven en la misma jaula como macho y hembra, espero que tengan hamstercitos. Mi libro sobre hámsters dice que la gestación dura veinticinco días. Me figuro que están ya apareándose porque se comportan con mucho cariño, así que contaré el día de hoy como *día primero* y luego los observaré durante veinticinco días y espero que el día 25 nazcan sus bebés.

Este será mi trabajo de Ciencias Naturales.

*día 3*

Mis hámsters no han cambiado mucho. Se pasan el tiempo echados en su jaula y duermen un montón. Ambos tienen exceso de peso, porque comen demasiado, y se parecen a la madre de Sonya Isaacson, al menos en lo gordos que están.

En la personalidad se parecen a mi madre. Son de lo más cascarrabias.

*día 3* (continuación)

Las personas que tienen trastornos emocionales graves tienen dificultad para efectuar una observación de hámsters atenta y eficaz, porque sufren de incapacidad para concentrarse. Yo misma padezco dificultades emocionales graves, de modo que me encuentro con este problema.

Como parte de mi trabajo de ciencias, disertaré sobre los problemas emocionales graves. Les voy a exponer lo que un tal Freud dice sobre el particular.

*La división de lo psíquico en lo que es consciente y lo que es inconsciente es la premisa fundamental del psicoanálisis, y ella sola permite al psicoanálisis compren-*

der los procesos patológicos de la mente
—los cuales son tan frecuentes como importantes— y situarlos en el marco del conocimiento científico.

«A ver si no era una familia de clase baja —pensó Anastasia—. La reina Isabel habría contratado a alguien para esos menesteres.»

Anastasia se desató los cordones de sus botas camperas, las dejó caer al suelo y se desplomó en la cama. Echó una mirada a la pecera, donde *Frank* nadaba en círculos lentos y perezosos. *Frank* nunca parecía estar emocionalmente trastornado. Por supuesto, Anastasia nunca había ocultado a *Frank* que había sido adoptado a edad muy temprana.

Miró la jaula de los hámsters. Los dos estaban muy atareados y corrían de acá para allá entre las virutas, empujándolas hasta formar montoncitos para hacer nidos. «Desde luego, resulta aburrido observar hámsters», pensó Anastasia.

Hojeó peresozamente las páginas del libro de su padre. Luego tomó el cuaderno del trabajo de Ciencias Naturales, echó mano del lápiz y se puso a escribir.

Anastasia leyó en voz alta lo que había escrito. Echó una mirada de soslayo a los hámsters. Estaban ambos dormidos en los nidos que habían hecho. Miró luego a *Frank*, el pez. El animal nadaba en círculo, abriendo y cerrando la boca. Se lo pasaba bomba en su pecera, eso podía asegurarlo.

—No seas tan arrogante, *Frank* —dijo furiosa—. Aguarda hasta que tengas trece años. Entonces ya verás lo que es bueno.

4

ES sábado, mamá? —preguntó Sam, impaciente, mientras se tomaba el cereal del desayuno—. ¿Me prometes que es sábado?

—Lo prometo —dijo la señora Krupnik—. Es sábado. Todo el día.

—Qué bien —dijo Sam, tomando otro bocado de Rice Krispies—. Me encanta el sábado. Porque el sábado no tengo que ir a la guardería.

Anastasia estaba sentada en el suelo de la cocina, atándose los cordones de sus botas camperas. Había tenido que desacordonarlas del todo para ponérselas, porque llevaba dos pares de calcetines gruesos de lana; de pronto se había echado encima un frío tremendo para estar a mediados de octubre como estaban.

—¿Por qué? —preguntó a su hermano—. Yo creía que te lo pasabas muy bien en la guardería. Tanto como te gustan esos bloques con letras.

Pero Sam meneó la cabeza con aire apesadumbrado.

—Mi compi, Nicky, coge los bloques y los tira. Tengo miedo de Nicky. Nicky me da puñetazos y patadas.

—Pues vaya unas amistades —dijo Anastasia, tirando de los cordones de sus botas.

—¿Qué has dicho que hace Nicky? —la señora Krupnik dejó su taza de café sobre la mesa y miró de hito en hito a Sam.

—Me da puñetazos —dijo Sam—. Y patadas.

—Myron, ¿has oído eso? —preguntó la señora Krupnik—. Myron, deja de leer el periódico un momento. ¿Has oído lo que acaba de decir Sam?

De mala gana, el doctor Krupnik bajó su periódico.

—¿Has leído este artículo sobre la posibilidad de una catástrofe nuclear aquí en Massachusetts? —preguntó.

—No —dijo Katherine Krupnik—. Ya tengo bastantes problemas aquí en esta casa. ¿Has oído lo que acaba de contarnos Sam? ¡Hay un niño en su guardería que le pega!

—Nicky —dijo Sam alegremente—. Nicky da puñetazos y patadas. Y muerde, además. ¡Mirad!

Se levantó la manga de su jersey a rayas. En un lado del brazo tenía un pequeño semicírculo sonrosado de marcas de dientes.

—¡Myron! ¡Fíjate en esto! —exclamó la señora Krupnik examinando el brazo de Sam con visible consternación.

El doctor Krupnik se ajustó los lentes y echó un vistazo.

—No ha traspasado la piel —dijo, y se dispuso a coger de nuevo el periódico.

—¿Cuál es el nombre completo de Nicky, Sam? —preguntó la señora Krupnik encolerizada, echando mano ya de la guía de teléfonos.

Sam se puso a pensarlo, arrugando la frente mientras seguía masca que masca su cereal.

—Nicky facha gordinflas —dijo por último.

Anastasia soltó una risita.

—Mamá se refiere al apellido, Sam —explicó a su hermano—. Del mismo modo que tu apellido es Krupnik, ¿cuál es el apellido de Nicky?

Sam lo pensó.

—Coletti —dijo—. Nicky Coletti.

Anastasia se puso de pie y dio unos pisotones en el suelo para asegurarse de que sus botas estaban bien ajustadas.

—Eso me suena a mafia —dijo—. Bajos fondos, con toda seguridad. Si llamas a la madre de Nicky, mamá, lo más probable será que vengan sus sicarios a casa y te rompan las piernas.

Sam sonrió complacido.

La señora Krupnik pasaba el dedo por la página de la C, en la guía telefónica.

—Cohen —murmuró—. Colby. Coleman...

El doctor Krupnik volvió a dejar el periódico.

—No la llames, Katherine —dijo.

—¿Es una orden? —preguntó su esposa con enojo.

—No, es una sugerencia. ¿No recuerdas lo que pasó cuando Anastasia tenía cosa de siete años y llegó un día a casa llorando porque su amiga... ¿Cómo se llamaba aquella niña, Anastasia?

—Traci —dijo Anastasia—. Era Traci Beckwith, aquella tontaina.

—Exacto —dijo su padre—. Traci Beckwith había tirado a Anastasia de un columpio en el patio de recreo, si mal no recuerdo.

—Sí, eso fue lo que hizo: me tiró de un empujón, y me clavé toda la grava del suelo en la rodilla.

—Y tú telefoneaste a la señora Beckwith, Katherine, ¿recuerdas? Estabas furiosa.

—Tenía razón de sobra para estarlo. Aquella niña pudo matar a Anastasia. Figúrate, ¡tirar a una niña de siete años del columpio!

El doctor Krupnik encendió su pipa.

—Y la señora Beckwith, te acordarás, ¿no se puso muy agresiva?

—Yo no tenía ni idea de que aquella mujer era una abogada penalista —dijo la señora Krupnik—. Pero aunque lo hubiera sabido, no habría cambiado las cosas.

—Y empezó a lanzar acusaciones por su parte —prosiguió el doctor Krupnik—. Dijo que Anastasia había cogido las tijeras durante la clase de Arte y le había cortado a Traci las puntas de las trenzas.

—Bueno —se apresuró a decir Anastasia—, ¡pues vaya cosa! Tenía aquellas trenzas larguísimas. Y su pupitre estaba delante del mío, de modo que sus estúpidas trenzas andaban siempre allí bailando y metiéndose en mi pintura. ¡Tampoco era para entablar un proceso!

—Lo que yo quiero hacer ver —dijo su padre, dando una chupada de la pipa— es sólo que, antes de que pudiéramos percatarnos, las dos madres estaban hablando de demandas judiciales y chillándose por teléfono, mientras que en esos mismos momentos Anastasia y Traci estaban a partir un piñón, montando juntas en bicicleta.

—No veo qué relación tiene eso con Sam —dijo la señora Krupnik de mal humor. Pero había cerrado la guía telefónica—. ¿Quién ha dado derecho a ese crío Coletti para hincar sus dientes en el bracito de Sam?

—Sí —dijo Sam, todo apenado—. Y darme un mordisco así de grande. —Y se miró la pequeña marca rojiza que tenía en el brazo.

—¿Por qué no mordiste tú a Nicky Coletti, Sam? —preguntó Anastasia.

Sam abrió unos ojos redondos como platos.

—Nicky Coletti es grande grande —dijo—. Nicky Coletti es gigante.

Todos miraron un momento con atención las minúsculas marcas de dientes.

—Bien —dijo el doctor Krupnik—, creo que es mejor dejar que los chavales arreglen entre ellos sus propios asuntos.

—Puede que sí —dijo la señora Krupnik poco convencida—; pero he encontrado en la guía su dirección: Coletti, Avenida Woodville. Por si tengo que telefonear alguna vez.

Sonaron unos golpecitos en la puerta de atrás.

—¡Oh, no! —exclamó Anastasia—. Serán Sonya y Meredith. Vamos a una almoneda en un garaje de la calle Bennington. ¡Pérfidas! ¡Vienen cinco minutos adelantadas!

—¿Y qué? —preguntó su madre, desconcertada—. Que pasen.

—Mamá —dijo Anastasia—, ¡estás en albornoz!

Su madre se miró el albornoz de tartán que llevaba puesto.

—Está limpio —dijo—. No será la primera vez que vean un albornoz, creo yo.

—Mamá —dijo Anastasia con apremio—, hazme ese gran favor, ¿eh? Escóndete. Métete en la despensa. Sólo estaré unos minutos. ¿Y papá?

Su padre levantó la vista del periódico.

—Estoy vestido —indicó.

—Esconde tu pipa. El padre de Sonya es médico. No quiero que ella sepa que fumas. ¡Y Sam! Pronto. Que alguien peine a Sam, ¿vale? Y límpiate esa cara, Sam; tienes Rice Krispies pegados a la barbilla.

Los padres y el hermano de Anastasia la miraban atónitos. Ninguno de ellos se movió. El doctor Krupnik continuó dando chupadas a su pipa; Sam, masticando silenciosamente los Rice Krispies de que tenía la boca llena.

Volvieron a llamar a la puerta de servicio.

Anastasia alzó los brazos en un gesto de hastío. Cogió su chaqueta del pomo de la puerta donde estaba colgada.

—¡Está bien! —dijo—. ¡Humilladme! ¡Mirad lo que me importa! ¡Ni siquiera les voy a pedir que pasen!

Y salió dando un portazo.

—¡Eh! —dijo a sus amigas—. Creí que no ibais a llegar nunca, tías.

«Es mucho más divertido estar con mis amigas que en casa con mi familia», pensó Anastasia. Sus amigas nunca se ponían en plan estúpido ni nada de eso.

Alta, espigada y con el pelo rubio claro, Meredith Halberg era un prodigio de animación y de salero. Y Sonya Isaacson, regordeta y pecosa, era una buenaza, y dada a los libros y el estudio. Y sabían vestir. Las tres iban vestidas igual, con vaqueros, botas camperas y chaqueta. La semana pasada, una chica de séptimo se había presentado en clase con un blusón y una blusa con volantes, y todas la habían abucheado y se habían reído y pitorreado de ella hasta casi hacerla llorar. Su madre la había obligado a vestir así, explicó la chica, porque después de clase iban al aeropuerto a recibir a su abuela, que venía de Chicago.

La madre de Anastasia también era capaz de hacer cosas así. Menos mal que ella no tenía ninguna abuela en Chicago.

—Está empezando a hacer frío de veras —dijo Meredith, mientras bajaban por la calle—. Espero que nieve pronto. Si nieva antes del Día de Acción de Gracias*, mi familia se va de vacaciones a esquiar. Siempre vamos a esa estación de esquí de New Hampshire.

—Yo ni siquiera sé esquiar —dijo Anastasia—. Pero si supiera, no puedo imaginar el ir con mi familia. Mis padres se comportarían estrafalariamente como de costumbre. Mi padre recitaría poesía sobre la nieve y mi madre... bueno, mi madre es tan patosa que probablemente no haría más que caerse. Y luego se reiría. Mi madre es tremenda con lo de la risa, por todos los cielos. Es que te da un corte...

---

* El día de Acción de Gracias, el cuarto jueves de noviembre, los norteamericanos conmemoran la fiesta que hicieron los colonos ingleses y los indios, en 1621, para celebrar la primera buena cosecha.

—Mi madre también se ríe —dijo Meredith—. Y se ríe con acento danés, que aún resulta peor. Pero yo me limito a hacer como que no la conozco. Ni a ella ni a mi padre. Mi hermana y yo nos largamos por nuestra cuenta, en la misma estación de esquí. El único rato en que tenemos que ver a nuestros padres es a las horas de comer. Y algunas veces, incluso, mi hermana se sienta a otra mesa.

—¿Qué edad tiene tu hermana? —preguntó Anastasia—. Es bastante mayorcita, ¿no?

—¿Kirsten? Diecisiete. ¿Por qué?

Anastasia se detuvo en mitad de la acera, abatidos los hombros bajo la chaqueta.

—¡Qué horror! —gimió, con una voz que denotaba que no tenía nada de horror—. ¡Y yo que creía que era sólo a los trece años cuando tiene una estos sentimientos respecto a la familia! ¿Quieres decir que dura hasta los diecisiete?

Meredith lo pensó con detenimiento.

—No creo que sea lo mismo —dijo—. Kirsten ni siquiera repara en nuestros padres. Se larga ella sola porque quiere pescar chavales cuando esquía.

—Esa es la Fase Dos —dijo Sonya, que había estado escuchando con mucha atención—. La Fase Dos de la Adolescencia. Nosotras estamos todavía en la Fase Uno. Me lo ha explicado mi padre.

—¡Los médicos! —se mofó Anastasia—. Siempre se figuran que lo saben todo.

Sonya se encogió de hombros.

—Dice que es todo cuestión de hormonas.

—¡Hormonas, qué monas! —bromeó Anastasia—. Mi madre dice lo mismo. Pero a mí me parece que es un embuste; que los mayores se reúnen en secreto y fraguan esa teoría de las hormonas. Yo ni siquiera creo que las hormonas existan —añadió con abatimiento.

—Cuando mi padre explicó lo de las hormonas —prosiguió Sonya, sonriendo con malicia—, mi hermano dijo que sabía un chiste. Y el chiste empezaba: «¿Cómo se hace una hormona?» Pero entonces mi padre se enfadó mucho y dijo: «¡De eso nada, en la mesa!» De modo que me quedé sin saber el desenlace del chiste.

—No creo que haya nada de chistoso en las hormonas, de todos modos —dijo Meredith—. Me resisto a la idea de que haya todas esas cosas dentro de mí. ¿Qué aspecto os parece a vosotras que tendrán? ¿De insectos o algo así?

—¡Aaarjjj! —exclamó Anastasia.

—Ya estamos en la calle Bennington —dijo Sonya—. Y allí, hacia la mitad de la manzana, hay un letrero... debe de ser el rastrillo.

Volvieron la esquina y se dirigieron hacia el amplio edificio estilo Tudor que ostentaba el letrero en la entrada de coches.

—¿Sabéis una cosa? —preguntó Anastasia—. He dicho a mis padres que necesitaba ir a un psiquiatra. Pero me han respondido que no, que yo no tenía problemas de ninguna clase. ¿Os cabe en la cabeza que hayan podido decir tal cosa? ¡Problemas de ninguna clase!

Sonya y Meredith suspiraron conmiserativamente y menearon la cabeza.

—He leído en el periódico el caso de una chica de

nuestra edad —dijo Meredith— que estaba siendo objeto de evaluación psiquiátrica en el hospital del estado.

—¿Por qué razón? —preguntó Anastasia—. ¿Se habían desmandado sus hormonas?

—Había robado catorce coches —explicó Meredith—. Y ni siquiera tenía permiso de conducir. Robó hasta el automóvil de su abuelo.

Habían llegado a la entrada de coches y se encaminaron hacia el garaje. La puerta estaba abierta, y había unas cuantas personas dando vueltas entre los objetos puestos a la venta. De improviso, Meredith se echó a reír.

—Anastasia —dijo—, ¡vas a ir a un psiquiatra tanto si a tus padres les gusta como si no!

Señaló con el dedo. En un acceso lateral de la casa, una pequeña placa de bronce decía:

CALVIN MATTHIAS,
DOCTOR EN PSIQUIATRÍA
ENTRADA DE PACIENTES

—Ah, lo sabía —dijo Sonya—. El doctor Matthias falleció... por eso ponen el rastrillo en el garaje.

—¿Cómo murió? —preguntó Anastasia.

—¿Estás segura de que quieres saberlo? Es bastante macabro —dijo Sonya—. No vino en el periódico ni nada, pero mi padre me contó lo sucedido.

—Claro que queremos saberlo —dijo Meredith.

—Pues bien —explicó Sonya—, llegó a la consulta un paciente habitual, un hombre, se saludaron y todas esas cosas, y luego el paciente se tendió en el sofá, como siempre hacía, y el doctor Matthias se sentó en una silla, como era su costumbre, y el paciente empezó a hablar, y se estuvo hablando una hora entera, hasta agotar el tiempo de consulta que tenía asignado. Y el doctor Matthias no dijo ni una sola palabra durante toda esa hora, pero el hombre no reparó en ello porque el doctor Matthias nunca decía nada. Y entonces el paciente se levantó para marcharse, y fue a despedirse, pero el doctor Matthias estaba muerto. Había estado muerto la hora entera.

—¿Quiere decirse —preguntó Anastasia— que el individuo había estado hablando una hora con un cadáver? —Le revolvía el estómago, sólo de pensarlo.

—Eso fue lo que dijo el forense —explicó Sonya formulariamente—. Según toda evidencia había fallecido de un ataque al corazón nada más sentarse en la silla.

—Macabro —dijo Anastasia—. Macabro a más no poder.

—¿Reclamó el individuo la devolución de su dinero? —preguntó Meredith.

—Ni idea —dijo Sonya—. No había pensado en eso ni por un momento. Pero cuando mi padre nos lo refería, en la cena, dijo que probablemente no había mucha diferencia, porque si de todas formas el doctor Matthias nunca decía nada, ¿qué más daba que estuviese muerto?

—Yo reclamaría mi dinero —dijo Meredith—. Ya hice que me lo devolvieran cuando encontré un escarabajo muerto en una bolsa de palomitas de maíz, en el cine. A mí me parece lo mismo.

—Después de habernos referido mi padre este caso, mi hermano dijo que sabía un chiste acerca de un psiquiatra. Y empezaba: «Una vez un hombre fue a un psiquiatra y dijo: "Doctor, tiene que darme algún remedio porque todo lo que veo me recuerda los pechos femeninos."»

—¿Y qué dijo el psiquiatra? —preguntó Anastasia.

Sonya se encogió de hombros.

—No lo sé. Porque mi padre dijo: «¡Nada de eso, en la mesa!»

—¡Sonya! —gimotearon Anastasia y Meredith al mismo tiempo.

—Yo sólo sé los comienzos de los chistes —dijo Sonya con melancolía—. No conozco ni un solo desenlace cómico. Ahora, escuchadme —dijo Sonya muy seria según estaban paradas en la entrada de coches—; hagamos un pacto. Esta vez no vamos a comprar trastos.

—Me encantan los trastos —dijo Meredith con una risita boba.

—A mí también —dijo Anastasia—. Pero Sonya tiene razón. La vez pasada despilfarré cinco dólares. Compré aquel cenicero en forma de un par de manos, cuando ni siquiera fumo.

—Sí —admitió Meredith—. Y yo compré aquella cortina de ducha. Mi madre me hizo tirarla, porque tenía moho... ¡Con todos aquellos cisnes tan lindos!

—Yo sólo voy a buscar libros —dijo Sonya—. Buenos libros. No basura.

—Supongo que yo podría buscar un regalo de

cumpleaños para mi hermana —consideró Meredith, reflexiva.

—¿Fuma? —preguntó Anastasia.

—Sí. Pero no se lo digáis a mis padres.

—Por tres dólares te vendo ese cenicero en forma de manos.

—¿Va por dos dólares? —inquirió Meredith—. Yo no te cobré nada por los hámsters y te di la jaula y todo, y el libro de instrucciones para cuidarlos.

Anastasia ponderó la cuestión.

—Es verdad —dijo—. Pero no olvides que tu madre dijo que si no te desembarazabas de ellos iba a tirarlos a la basura. Conque en realidad te hice un favor dándoles hospitalidad en mi casa.

—Bueno —dijo Meredith—, déjame dar un vistazo por este garaje. Si no encuentro nada, te compraré el cenicero. ¿Qué vas a comprar tú?

—No estoy segura —dijo Anastasia—. Siempre tengo que esperar hasta que algo especial me hace tilín, ¿sabes?

Sonya se había alejado de ellas y estaba ya en el garaje mirando en una gran estantería con libros. Entraron y se le acercaron.

—He encontrado *Cumbres borrascosas* —dijo, rebosante de dicha—. Mi libro predilecto.

—¿Pero es que no tienes ya *Cumbres borrascosas*? —preguntó Meredith, que estaba inclinada sobre un cajón lleno de aparejos de pesca.

—Nunca se tienen demasiados ejemplares de *Cumbres borrascosas* —dijo Sonya, cerrando el polvoriento volumen.

—¿Crees que a Kirsten le gustaría este juego com-

pleto de moscas artificiales como regalo de cumpleaños? —preguntó Meredith, mostrando una caja mo-
hosa.

—No —dijo Anastasia—; le gustaría un cenicero
en forma de un par de manos.

—¡Toma, Anastasia! —dijo Sonya, que continuaba escudriñando en la estantería de libros. Y extrajo
un grueso tomo azul—. ¡Las obras completas de
Freud! ¡Justo lo que necesitabas!

—Lo leí la otra noche —dijo Anastasia.

Se dirigió a un extremo de la estantería y se arrodilló para examinar un cajón lleno de utensilios de cocina
que había en el suelo del garaje. De pronto se oyó un
ruido como de avalancha. Alzó la mirada y vio a Sonya
que intentaba restituir el tomo azul a la atestada libre-
ría. Como fichas de dominó, todos los libros empezaron a ladearse e inclinarse; por último, todos fueron ca-
yendo de lado, uno tras otro. Encima de Anastasia, en
la punta de la estantería, donde lo habían colocado
como sujetalibros, algo voluminoso, color nata —algo
de aspecto muy sólido— se tambaleó y se vino abajo.

Anastasia se apartó de un bronco, pero no con suficiente prontitud. El objeto la golpeó en una esquina
de la frente —haciéndola estremecerse de dolor— y
luego se estrelló en el suelo.

—¡Aaay! —gritó Anastasia. Se frotó la frente y
notó el chichón que había empezado a salirle—.
¿Estoy sangrando?

Sonya la examinó.

—No —dijo—. No es nada, creo. Cuando llegues
a casa te pones un poco de hielo. No sabes cuánto lo
siento.

Miraron el objeto que yacía en el suelo. Era una cabeza de hombre, un busto en escayola de un varón de aspecto anticuado, con barba y ojos solemnes. Y sin nariz. La nariz yacía a su lado, en el suelo del garaje.

La etiqueta del precio sujeta con cinta adhesiva a la cabeza del hombre rezaba: $4.50.

—Bueno —suspiró Sonya—. Vaya por *Cumbres borrascosas.* Supongo que tendré que comprarme un hombre desnarigado.

Anastasia recogió la nariz del suelo y la sostuvo contra el serio rostro de escayola.

—Hola —dijo.

El hombre le devolvió la mirada con sus duros ojos inanimados.

—Pues, fíjate, me gusta —dijo Anastasia a Sonya—. ¿Sabes una cosa? Me parece que lo voy a comprar yo... Así no tendrás que comprarlo tú, aunque lo hayas roto. Creo que con un buen pegamento volverá a quedar fija la nariz en su sitio.

—¿De veras? ¿De veras que te gusta? ¿No lo dices sólo porque te da lástima de mí?

Anastasia cargó con el busto bajo el brazo y se dirigió a la persona que cobraba el dinero de las ventas en el rincón adyacente.

—Nada de eso —dijo a Sonya—. Es como antes le decía a Meredith. Algo que me hace tilín.

Dio un billete de cinco dólares a la mujer que estaba sentada a una mesa de juego con una caja de dinero suelto, y ésta le devolvió dos monedas de veinticinco centavos.

—Señorita —dijo la mujer, que tenía el pelo entre-

74

cano y llevaba grandes lentes con montura de concha—, ha hecho usted un negocio redondo. Acaba de comprarse a Sigmund Freud.

—¿Mamá? ¿Papá? —llamó Anastasia en cuanto entró por la puerta de atrás de su casa con Freud debajo del brazo—. Necesito cubitos de hielo porque he recibido un golpe en la frente. ¿Y a que no adivináis una cosa? —añadió—. ¡Tengo un psiquiatra!

Media hora después, tras el tratamiento con cubitos de hielo, el chichón de Anastasia había desaparecido, dejando sólo un cardenal rosáceo. Y Freud, tras el tratamiento con pegamento, tenía de nuevo la nariz en su sitio. Anastasia se lo llevó a su cuarto, escaleras arriba.

Encontró a Sam sentado en la escalera del tercer piso con gesto compungido. Se estaba chupando el pulgar, y enrollada al brazo tenía su vieja manta de seguridad. Ahora que ya contaba tres años, raramente necesitaba la raída manta amarilla que había sido su constante compañía cuando era más pequeño. Anastasia comprendió que debía de haber sucedido algo terrible.

—Pero, hombre, Sam, ¿qué pasa? —inquirió.

Sam la miró con aire temeroso.

—No subas a tu cuarto —dijo.

—¿Por qué no? Tengo que llevar allí a mi amigo Freud.

Sam se aplicó en su quehacer de chuparse el pulgar. Anastasia se arrodilló a su lado.

—¿Has estado tú en mi cuarto? —preguntó.

Asintió él desoladamente con la cabeza.

—¿Y has hecho algo malo?

Empezaron a correr lágrimas por las mejillas de Sam. Anastasia colocó a Freud sobre el escalón.

—Confiésame lo que has hecho, Sam.

—He roto los hámsters —sollozó Sam.

Anastasia echó a correr escaleras arriba. Detrás de ella siguió Sam, todavía llorando y queriendo explicar.

—Sólo metí la mano en la jaula para acariciarlos, y lo hice muy, muy suavecito como tú me dijiste, ¡y se rompieron! ¡Hay miles de trozos de hámster por toda la jaula!

Anastasia puso a Freud de momento sobre su cama y se dirigió a la jaula de los hámsters que se hallaba al pie de la ventana. Sam estaba parado detrás de ella todo receloso.

Había un hámster peludo en su nido en un rincón de la jaula, y el otro hámster peludo estaba en su nido en el rincón opuesto. Pero rodeando a cada uno de ellos había numerosas criaturas sonrosadas pululantes.

—¡Sam! —dijo Anastasia alborozada—. ¡No están rotos! ¡Es que han tenido bebés!

Sam se sacó el pulgar de la boca y atisbó el interior de la jaula por encima del hombro de su hermana.

—¿El padre también ha tenido bebés? —preguntó.

—Bueno, supongo que yo estaba equivocada. En vez de un padre y una madre, teníamos dos madres.

Pensó brevemente en su trabajo de investigación científica. Aquello sin duda iba a complicarlo.

—Y fíjate, han tenido miles de bebés —dijo Sam con voz de pasmo, contemplándolos.

—Voy a contarlos —Anastasia se inclinó sobre la jaula e hizo el recuento de bebés—. *Romeo* tiene cuatro —anunció—. Y *Julieta* tiene cuatro. De modo que hay ocho bebés. No, aguarda…, hay uno más. *Julieta* tiene cinco. En total son nueve. Menudo lío, tenemos que pensar en nueve nombres nuevos.

—¿Puedo bautizarlos yo? —preguntó Sam—. Porque tú ya pusiste nombre a los dos primeros.

—Claro que sí —dijo Anastasia.

Fue a la cama y recogió a Freud. Miró por todo el cuarto, se decidió por su mesa de trabajo y lo colocó allí, junto a sus libros de texto. Sam estaba en cuclillas junto a la jaula de los hámsters con muchísima atención. Finalmente volvió la cabeza.

—Vale —dijo—. Ya tengo los nombres.

Anastasia tomó lápiz y papel para anotarlos.

—A ver, ¿qué nombres son ésos? —preguntó.

—Uno es *Feliz.*

—Bonito nombre. ¿Qué más? Aún quedan ocho.

—*Medio-dormido, Modorra, Babosín, Gruñón, Vergonzoso y Doc.*

Anastasia sonrió complacida.

—Formidable, Sam. Pero sólo son siete. Necesitamos dos más.

—*Blanca Nieves* —dijo Sam.

Anastasia lo apuntó.

—Bien —dijo—. Uno más.

Sam estaba radiante.

—*Príncipe* —dijo.

## Trabajo de Ciencias Naturales

### Anastasia Krupnik
### Clase del señor Sherman

**El 13 de octubre** adquirí dos hámsters chiquitos, preciosos, que viven en una jaula en mi dormitorio. Se llaman *Romeo y Julieta* y son muy cariñosos. Parece que se quieren uno a otro una barbaridad. Puesto que viven en la misma jaula como macho y hembra, espero que tengan hamstercitos. Mi libro sobre hámsters dice que la gestación dura veinticinco días. Me figuro que están ya apareándose porque se comportan con mucho cariño, así que contaré el día de hoy como *día primero* y luego los observaré durante veinticinco días y espero que el día 25 nazcan sus bebés.

Este será mi trabajo de Ciencias Naturales.

*día 3*

Mis hámsters no han cambiado mucho. Se pasan el tiempo echados en su jaula y duermen un montón. Ambos tienen exceso de peso, porque comen demasiado, y se parecen a la madre de Sonya Isaacson, al menos en lo gordos que están.

En la personalidad se parecen a mi madre. Son de lo más cascarrabias.

*día 3* (continuación)

Las personas que tienen trastornos emocionales graves tienen dificultad para efectuar una observación de hámsters atenta y eficaz, porque sufren de incapacidad para concentrarse. Yo misma padezco dificultades emocionales graves, de modo que me encuentro con este problema.

Como parte de mi trabajo de Ciencias, disertaré sobre los problemas emocionales graves. Les voy a exponer lo que un tal Freud dice sobre el particular.

*La división de lo psíquico en lo que es consciente y lo que es inconsciente es la premisa fundamental del psicoanálisis, y ella sola permite al psicoanálisis compren-*

*der los procesos patológicos de la mente*
*—los cuales son tan frecuentes como im-*
*portantes— y situarlos en el marco del co-*
*nocimiento científico.*

*día 5*

Mis hámsters han dado a luz bebés prematuros. En vez de veinticinco días, les ha
bastado con cinco para tener bebés.

Ahora tengo once hámsters, y sus nombres son *Romeo, Julieta, Feliz, Medio-dormido, Modorra, Babosín, Gruñón, Vergonzoso, Doc, Blanca Nieves* y *Príncipe.*

También tengo un psiquiatra. Se llama
Freud. Está muerto. Pero no hay que desanimarse por ello porque con algunos psiquiatras no parece importar demasiado que estén
vivos o muertos.

## 5

FREUD —dijo Anastasia, tendida en su cama cierta tarde, con sus deberes de matemáticas deparramados a su alrededor—, necesito su consejo, créame.

Y echó una mirada a su mesa de trabajo. Freud la miraba fijamente a ella con sus inanimados ojos de escayola. Su nariz, observó Anastasia, estaba un poquito torcida.

—¿O prefiere que le llame doctor Freud? —preguntó cortésmente.

Él miraba inexpresivamente al vacío.

Anastasia se incorporó y se cruzó de piernas sobre su cama deshecha y atestada de libros y contempló a su psiquiatra a través de la estancia. Ladeó la pantalla de la lámpara de su mesilla de noche a fin de que Freud estuviera un poco mejor iluminado y las sombras que cruzaban su rostro desaparecieran.

—¿O te importaría que te llamara por tu nombre de pila? —preguntó—. Sé de médicos que les gusta que les llamen «Doctor»... al menos al padre de Sonya le gusta; le gusta que le llamen «Doctor Isaacson»..., pero a mí me parece que puesto que estamos los dos aquí solos, y estamos en mi dormitorio, no en una consulta ni nada, pues podríamos prescindir un poco de formalidades.

Freud miraba inexpresivamente hacia el lado opuesto de la habitación.

Obedeciendo una inspiración súbita, Anastasia cogió el rotulador azul que utilizaba para las matemáticas, trajo la cabeza de Freud a su cama donde la luz era mejor y muy cuidadosamente, con el rotulador, dibujó iris azules en los ojos de escayola de Freud. Luego, con la punta de un rotulador negro, marcó sendos puntos en mitad de cada círculo azul.

Por último tuvo otra idea, y con el rotulador negro de punta fina prolongó un poquito hacia arriba las comisuras de los labios de Freud. Lo puso de nuevo sobre la mesa y volvió a la cama.

Apartó los libros a un lado y se acostó de espaldas, cruzados los brazos tras de la cabeza.

—¿Sigmund? —dijo tímidamente, y fijó la vista en él.

Freud la miraba directamente y sonreía.

—Muy bieeennn— murmuró Anastasia—. Ahora estamos en comunicación.

Era ya noviembre, y bien poco habían cambiado las cosas. La vida era aburrida; sus padres eran aburridos; Sam era aburrido, y los hámsters eran lo más

83

aburrido de todo. No había añadido una sola palabra a su trabajo de Ciencias, constató con sentimiento de culpabilidad. Probablemente Norman Berkowitz tenía ya el veinticinco por ciento de su ordenador para estas fechas de noviembre, y Anastasia sólo tenía dos hojas de cuaderno sobre hámsters.

—Sigmund —dijo—, ya sé que probablemente tendría que contarte cosas de mi infancia y todo eso. Pero de lo que realmente quiero hablar es de mis problemas actuales, ¿te parece bien?

Le miró. Freud sonreía. Le parecía bien, sin duda alguna.

Suspiró. ¿Por dónde comenzar?

—Mi amiga Daphne Bellingham —dijo—. Ese es un problema. Daphne era para mí una amiga de verdad, de las buenas. Daphne, Sonya, Meredith y yo solíamos hacerlo todo juntas. Pero entonces Daphne perdió la chaveta por ese memo de chico... ese futbolero. Y ahora ya no quiere andar nunca conmigo, con Sonya ni con Meredith. No hace más que merodear en torno al campo de deportes de la escuela, viendo esa memez de los entrenamientos.

Anastasia frunció el ceño.

—¿Por qué crees tú que ha sucedido eso, Sigmund?

Sonrió él. Si su madre hubiera sonreído de ese modo, la sonrisa habría significado: «¿Qué te parece a ti, Anastasia?»

—A mí me parece —prosiguió— que Daphne ha entrado en la Fase Dos de la Adolescencia. La fase en que se persigue a los chicos.

Anastasia suspiró.

—Supongo que yo no estoy en la Fase Dos todavía. Pero me figuro que alguna vez la alcanzaré.

Sobrevino una explosión de ruido en la jaula de los hámsters. Anastasia le echó una mirada, aun cuando sabía de antemano lo que iba a ver: los hámsters se estaban peleando de nuevo.

—Sigmund —se lamentó—. ¡Tengo demasiados hámsters!

Freud sonrió como quien está al cabo de la calle.

—Lo sé, lo sé. Es culpa mía. Y no puedo desembarazarme de ellos. Nadie quiere hámsters. Yo era la quinta persona a quien Meredith se los ofrecía. Y de todos modos, los necesito para mi estúpido trabajo de Ciencias.

Se incorporó en la cama y volvió las hojas del calendario que tenía sobre la mesilla de noche. El calendario le dijo lo que ya sabía.

—Hoy es el día 25 —murmuró—. El día en que se suponía que iban a tener los bebés. Pero los bebés tienen ya tres semanas, y la jaula huele mal, y hacen un ruido de mil demonios, y yo me gasto la mitad de mi asignación en comida para hámsters.

Observó que Freud continuaba sonriendo, conque se levantó y le dio la vuelta. No tenía nada de divertido el problema de los hámsters.

—Te veré en mi próxima cita, Sigmund —dijo—. Gracias por la ayuda.

—¡Anastasia! —la voz de su madre ascendió por la escalera.

—¿Qué? ¡Sube!

—Sabes muy bien que no puedo. No puedo entrar en tu cuarto, mientras que... bueno, ya lo sabes —dijo su madre—. No quiero estar en la misma habitación que esos dos animales. Baja tú aquí al segundo piso. Tengo que hablar contigo un minuto.

«Esos dos animales ¡que te crees tú eso! —pensó Anastasia al emprender la bajada de la escalera—. ¿Qué te parecería esos once animales?»

En cien mil años no podría decir a su madre que ahora había once hámsters. A su madre, sin duda, le daría un patatús. Anastasia había hecho jurar a Sam que guardaría el secreto.

Hasta había pasado la aspiradora un par de veces por su cuarto.

Encontró a su madre en el cuarto de aseo del segundo piso, secando a Sam con una toalla grande después de haberle bañado. Había catorce barcas de plástico dando tumbos por el agua del baño según se colaba por el sumidero.

—¿Qué pasa, mamá? —preguntó Anastasia.

—Mira a Sam —dijo su madre, con un ceño que denotaba preocupación—. Vuélvete, Sam. Enseña a Anastasia el tras...

Sam se volvió, obedientemente. Tenía una magulladura en el trasero.

—Se lo ha hecho Nicky Coletti —explicó la señora Krupnik.

—Me ha dado un topetazo con un camión basculante —dijo Sam—. Cataplúm. Durante la hora del zumo.

—Cepíllate los dientes, Sam —dijo su madre.

Sam se encaramó a su taburete de madera especial y echó mano a su cepillo de dientes.

—¿Qué piensas tú, Anastasia? Ya sé lo que piensa

tu padre, que tienen que zanjar sus asuntos entre ellos. Pero estoy empezando a perder los estribos con esto. Dame algún consejo provechoso.

—Pues bien, para empezar, yo que tú no permitiría que Sam exprimiese de esa manera su pasta de dientes —dijo Anastasia—. Échale un vistazo.

La señora Krupnik miró. Sam había exprimido una montaña de dentífrico en su cepillito de dientes azul.

—Me gusta la pasta de dientes grandota como una hamburguesa de queso —explicó.

Su madre exhaló un suspiro.

Sam se introdujo el montículo en la boca.

—*Queddo ca'maaa cuesse Anaschassia* —dijo.

—Quiere que le acueste yo —tradujo Anastasia para su madre.

—*Puque tennun zequeto pad' Anaschassia* —dijo, a través de la pasta de dientes.

—Porque tiene que decirme un secreto —explicó ella.

—Está bien —dijo su madre—. Métele tú en la cama. Pero piénsate un poco qué es lo que debo hacer, ¿vale?

—Vale —dijo Anastasia.

*¿Dass' muun' besshu?* —pidió Sam a su madre.

Vaciló ella un momento, y luego le dio el beso de las buenas noches en la oreja, evitando la pasta de dientes.

—¿Qué secreto es ése? —preguntó Anastasia, mientras acostaba a Sam, desdentifricado, y lo arropaba en su cama—. ¿Algo de tu compi Nicky Coletti?

—No —dijo Sam, meneando la cabeza—. Es de los hámsters.

—¿Qué pasa con los hámsters?

—Quiero que me enseñes cómo se escribe —dijo—. Para poder poner «hámster» con bloques, en la guardería.

—Ah, no hay ningún inconveniente. Verás.

Anastasia tomó lapiz y papel del pequeño pupitre de Sam. Escribió «hámster» y se lo enseñó. Luego se paró a pensar un momento.

—Eh, eh —dijo—, Sam, tienes que poner mucho cuidado que mamá no vea este papel. Ella no quiere ver siquiera la palabra «hámster». Podría darle un patatús.

—Vale —dijo Sam—. Lo tendré guardado en el bolsillo.

Anastasia cogió el pantalón vaquero de su hermano, que estaba doblado sobre el respaldo de una silla.

—Te lo meto aquí, Sam —le dijo—, en el bolsillo de tus vaqueros.

Asintió él con un gesto y se acomodó y abrigó bajo sus mantas.

—Mañana en la escuela —dijo— escribiré «hámster» un millón de veces con bloques. —arrugó el entrecejo, medio dormido como estaba—. Luego —dijo con voz resignada—, probablemente Nicky Coletti me los tirará todos a la cabeza.

Tras haber apagado la luz de Sam y cerrado su puerta, Anastasia volvió a su cuarto. Dio la vuelta a la cabeza de Freud para que quedara mirando hacia su cama.

—Sigmund —dijo—, tengo que ir a hablar con mi madre dentro de un minuto, así que esta va a ser una consulta breve.

Sonrió él, adquiescente.

—Tengo ese problema con mi madre —refunfuñó Anastasia, y miró a su psiquiatra.

—¿Tú crees que es cosa de risa? —le preguntó con enojo.

—Bueno —dijo, tras un largo silencio—. Quizá de alguna manera lo sea. Mi madre, desde luego, sí parece creer que lo es. Encuentra la mar de divertido que los adolescentes odien a sus madres.

Freud sonreía bondadoso desde la mesa.

—En realidad no es que la odie —prosiguió Anastasia—. Pero es que me joroba. Ahora mismo está jorobándome con que quiere mi consejo acerca de un problema complicado. ¿Cómo diablos cabe suponer que una persona de trece años sepa solucionar un problema que otra de treinta y ocho no sabe resolver?

Miró con curiosidad a Freud.

—¿Y tú qué edad tienes? —preguntó.

Él sonreía siempre.

—Bueno, vale, ya sé que a un psiquiatra no se le hacen esas preguntas —reconoció Anastasia.

—Ojalá pudieras hablar —suspiró.

Luego reparó en el libro que continuaba en el suelo junto a su cama. Ahora que se había hecho cargo de la limpieza de su cuarto, Anastasia había empezado a pasar la aspiradora desplazándola en torno a los objetos. Para ella no tenía sentido el modo en que su madre lo hacía; su madre levantaba los objetos, les pasaba la aspiradora y los volvía a dejar en su sitio. Anastasia simplemente se desplazaba alrededor de ellos; parecía más lógico.

89

Hojeó las páginas del libro de Freud. Le llamó la atención la frase «relaciones dependientes». Sonaba pintiparada. Ella era «dependiente», lo sabía; se lo había dicho su padre. En su declaración de la renta la incluía todos los años como «dependiente».

Y era, indudablemente, una «relación». Imaginaba que era la relación más próxima de su madre, exceptuando quizá a su padre.

—Sigmund —sugirió—, me gustaría que me explicases algo acerca de mi relación con mamá, puesto que soy su dependiente.

Miró de nuevo en el libro, en el sitio donde había visto la frase «relaciones dependientes».

*...el hecho de que el Super-Yo derive, a través del complejo de Edipo, de las primeras catexias objetales del Ello tiene además otras consecuencias. Como ya hemos demostrado, esta derivación relaciona al Super-Yo con las adquisiciones filogenéticas del Ello y hace de él una reencarnación de anteriores estructuras del Yo que han dejado en el Ello sus secuelas.*

Lo leyó por segunda vez. Luego dirigió una mirada a Freud. En su sonrisa parecía advertirse, de pronto, una pizca como de afectación.

«Eh, tú, Sigmund, rollazo, ¿qué clase de ayuda es ésa?», pensó.

Anastasia cerró el libro, se ajustó las gafas y miró a través de ellas, con desdeñosa altivez, a su psiquiatra. «¿Qué diría la reina Isabel —se preguntó— a un psiquiatra que le soltara un rollo así?»

—Tus puntos de vista son interesantes —dijo a Freud con su voz de reina Isabel—. Les dedicaré alguna reflexión cuando tenga tiempo, porque ahora —añadió— tengo cosas más importantes de qué ocuparme.

Encontró a sus padres en el despacho. Su padre, como de costumbre, estaba leyendo. Su madre estaba haciendo un jersey de punto. Anastasia formuló en secreto el ferviente deseo de que el jersey no fuera para ella.

Odiaba los jerseys de punto de su madre. Toda la gente que ella conocía llevaba jerseys de confección comprados en Sears o en Jordan Marsh. Pero su madre no compraba jerseys. ¡Oh no, lejos de la señora Krupnik semejante vulgaridad! Ella tenía que tejer a punto de aguja aquellos jerseys horribles... con dibujos, que ya era lo último. ¡Pura filigrana! ¡Uf!

Su padre mismo llevaba uno en ese momento. A él no le importaba lo más mínimo tener que ponerse jerseys gruesos tejidos a mano con dibujos. Tal vez si consiguiera ahorrar dinero suficiente, algún día le compraría un jersey decente, en Sears, por su cumpleaños.

—He estado pensando en lo que has dicho, mamá —dijo Anastasia, dejándose caer en el sofá—. Y he consultado a Freud. ¿Vale si hablo de ello delante de papá?

—Pues claro —dijo su madre—. Él y yo no estamos de acuerdo en la forma de abordar el asunto de Nicky Coletti, pero a los dos nos interesaría si tú puedes aportar algún plan de acción importante.

Su padre dejó el periódico y encendió su pipa.

—¿Sirve realmente de algo  consultar a un psiquiatra de escayola? —inquirió.

—Desde luego que sí —repuso Anastasia—. Freud es muy provechoso.

—Eso es fascinante. ¿Y de verdad le has preguntado acerca del problema que tenemos con el amiguito de Sam?

—Papá —explicó Anastasia, impaciente—, uno no consulta a alguien como Freud acerca de problemas de guardería escolar, o al menos no de una forma específica. A Freud se le hacen preguntas de carácter general sobre relaciones humanas. Como... bueno, como esta tarde, por ejemplo, en que he estado debatiendo con él acerca de las relaciones dependientes.

—¿Relaciones dependientes? Pues deberías preguntarle qué puede hacerse sobre lo de tu tío George —se volvió hacia la señora Krupnik—. ¿Te he dicho ya que ha escrito George pidiéndome otro préstamo? Quiere invertir en una plantación de kiwis.

—Tu hermano George está hecho un kiwi de marca mayor, si quieres saber lo que pienso —dijo Katherine Krupnik.

—Ya tengo bastantes problemas propios —dijo Anastasia—. Si quieres consultar a un psiquiatra acerca del tío George, tendrás que buscártelo y pagártelo.

—¿Cuánto te costó Freud? —preguntó su padre.

—Cuatro cincuenta.

—Cuando hayas concluido con él, ¿querrás vendérmelo con algún descuento?

Anastasia pensó a fondo la proposición. No estaba segura de que alguna vez concluyera con Freud. Por otra parte, si iba a continuar saliéndose con respuestas ininteligibles, como la de las relaciones dependientes, acaso le tuviera más cuenta venderlo.

—Lo pensaré —dijo a su padre—. Por lo pronto, podría cederte un cenicero en forma de par de manos realmente barato.

—No, gracias. Me gusta mi viejo tapacubo.

Anastasia sintió un repeluzno. Era justamente una cosa más de las que se avergonzaba de su padre. Años atrás, había tenido éste un automóvil por el que sentía gran estima. Cuando el automóvil se hizo tan viejo que no sufría más reparaciones, lo desechó como chatarra, pero se quedó con los tapacubos, utilizándolos como ceniceros. Los llamaba sus Ceniceros Conmemorativos Ford Thunderbird 1957, y había cuatro en diferentes piezas de la casa. Nada más burdo. Cada vez que venían sus amigas, Anastasia tenía que andar parándose delante de los dichosos tapacubos, a fin de que sus amigas no repararan en ellos e hicieran preguntas al respecto. Una más en la larga lista de humillaciones que soportaba en su vida.

—De todos modos, en lo que a Sam se refiere… —comenzó.

Su madre se enderezó de pronto en su asiento.

—Anastasia —dijo, consultando su reloj de pulsera—. Son casi las nueve. Y es martes.

—¡Oh, mamá! —gimió.

—Esta noche te tocan los platos. Están en la pila.

—¡He acostado a Sam! ¿Es que tengo que hacer todas las faenas domésticas?

—No, pero tienes que fregar la vajilla los martes y los viernes. Participaste en las negociaciones cuando elaboramos ese plan, Anastasia.

—¡Pero hemos tenido lasaña de cena!

—A ti te gusta tanto la lasaña que...

—¡No en martes! ¡Deja los platos con toda la pringue pegada! ¡Es prácticamente imposible limpiar platos de lasaña!

—Prueba a usar detergente, para variar —sugirió su madre con sequedad—. Te he visto la forma que tienes de fregar la vajilla, con agua sólo y sin jabón.

—Espía —murmuró Anastasia.

Se levantó del sofá, quejándose.

—Estoy tan cansada —dijo—. Me duele todo el cuerpo. A lo mejor tengo una enfermedad que me va consumiendo.

Su padre había cogido de nuevo el periódico. Su madre había empezado un nuevo dibujo en el jersey y estaba contando los puntos.

—Os tiene completamente sin cuidado —dijo Anastasia con voz asombrada—. ¡Os tiene completamente sin cuidado que yo pueda tener una enfermedad que me consume!

Su madre echó mano del folleto de instrucciones de la labor de punto.

—Yo ya la padezco, cariño mío —dijo con tono de infinito hastío—. La mía se llama maternidad.

—Pues tenía un plan —voceó Anastasia según se alejaba por el pasillo, con andar cansino, hacia la cocina—. Un plan acerca de Nicky Colletti. Un plan realmente sensacional.

Abrió la puerta de la cocina y miró los platos de lasaña amontonados en el fregadero. Peor aún, vio el cacharro de la lasaña, vacío y con su buena costra de queso y tomate, sobre la mesa de la cocina.

—¡Pero no pienso deciros ni una palabra de él, amigos míos! —vociferó.

Silencio. Se los imaginaba muy bien allí, en el despacho, sonriendo los dos, lo mismo que Sigmund.

Quedó concluido el fregado de vajilla, por fin. Anastasia se puso el pijama y después revolvió en el cajón superior de su cómoda hasta dar con un viejo tarro de crema para las manos. Vertió un poco en las suyas, de fregatriz forzosa. No había duda de que el detergente destrozaba la piel. Dos veces por lo menos, en los seis últimos meses, había usado detergente, y en ambas ocasiones había tenido que recurrir después a la crema para las manos.

Aún tenía la cabeza de Freud vuelta hacia la pared. Estaba un tanto enrabietada con Freud, y no entraba en sus planes volverle a consultar esa noche.

En cambio, miró el cuaderno de su trabajo de Ciencias con verdadero sentimiento de culpabilidad. Con no menos remordimiento miró la jaula de sus hámsters. Ya había rociado el cuarto ese día con un ambientador, y lo necesitaba de nuevo, todo por culpa de aquellos hámsters. El libro sobre hámsters decía que no olían mal. Pero el libro mentía.

Bostezó. Luego releyó lo que llevaba escrito para su trabajo de Ciencias Naturales. La última vez (veinte días atrás, le dijo, acusadora, su conciencia), había registrado los nombres de los bebés. Ya no era capaz siquiera de distinguirlos. ¿Cómo se puede realizar un estudio científico si no se saben distinguir los objetos del mismo?

Examinó la breve indicación impresa que ostentaba su larga caja de rotuladores. No Tóxico, decía. Debía de haberlo sabido ya, puesto que Sam los había catado todos y no se había muerto.

Bueno, muy bien, ésa era una cosa científica que podía hacer. Con mucho cuidado, uno por uno, coloreó las once cabezas de hámster de diferentes colores. Luego lo registró de una manera muy científica al final de su trabajo de Ciencias.

Y a renglón seguido, coloreó igualmente la parte de arriba de la cabeza de Freud. «Qué demonio —pensó Anastasia—, también él ha pasado a formar parte de mi trabajo de Ciencias Naturales.»

Anastasia miró en la jaula de los hámsters todas aquellas cabecitas con los colores del arco iris acurrucándose en sus nidos para dormir. Luego volvió la vista sobre lo que había escrito. Se sintió abrumada por la más negra desesperación.

¿EN EL CASO DE QUE ALGUNO DE ELLOS TENGA BEBÉS? No había pensado hasta entonces en esa posibilidad. ¿Qué edad tenían que alcanzar los hámsters para poder tener bebés? Si uno de ellos traía al mundo, digamos, cuatro bebés, entonces ella tendría quince hámsters en vez de once. ¿Pero y si eran dos los que tenían bebés? ¡Diecinueve hámsters! Pero y si... —apenas podía soportar la idea— ¿y si tenían bebés los once? ¿Cuántos hámsters sumarían?

Sin duda algunos de ellos serían machos. De pronto se acordó de un chico de octavo, Kevin Burke, que era uno de seis hermanos varones. Algunas familias tenían sólo chicos. A lo mejor todos sus bebés hámsters eran chicos.

## Anastasia Krupnik
## Clase del señor Sherman

**El 13 de octubre** adquirí dos hámsters chiquitos, preciosos, que viven en una jaula en mi dormitorio. Se llaman *Romeo y Julieta* y son muy cariñosos. Parece que se quieren uno a otro una barbaridad. Puesto que viven en la misma jaula como macho y hembra, espero que tengan hamstercitos. Mi libro sobre hámsters dice que la gestación dura veinticinco días. Me figuro que están ya apareándose porque se comportan con mucho cariño, así que contaré el día de hoy como *día primero* y luego los observaré durante veinticinco días y espero que el día 25 nazcan sus bebés.

Este será mi trabajo de Ciencias Naturales.

*día 3*

Mis hámsters no han cambiado mucho. Se pasan el tiempo echados en su jaula y duermen un montón. Ambos tienen exceso de peso, porque comen demasiado, y se parecen a la madre de Sonya Isaacson, al menos en lo gordos que están.

En la personalidad se parecen a mi madre. Son de lo más cascarrabias.

*día 3* (continuación)

Las personas que tienen trastornos emocionales graves tienen dificultad para efectuar una observación de hámsters atenta y eficaz, porque sufren de incapacidad para concentrarse. Yo misma padezco dificultades emocionales graves, de modo que me encuentro con este problema.

Como parte de mi trabajo de Ciencias, disertaré sobre los problemas emocionales graves. Les voy a exponer lo que un tal Freud dice sobre el particular.

*La división de lo psíquico en lo que es consciente y lo que es inconsciente es la premisa fundamental del psicoanálisis, y ella sola permite al psicoanálisis compren-*

der los procesos patológicos de la mente
—los cuales son tan frecuentes como importantes— y situarlos en el marco del conocimiento científico.

día 5

Mis hámsters han dado a luz bebés prematuros. En vez de veinticinco días, les ha bastado con cinco para tener bebés.

Ahora tengo once hámsters, y sus nombres son *Romeo, Julieta, Feliz, Medio-dormido, Modorra, Babosín, Gruñón, Vergonzoso, Doc, Blanca Nieves y Príncipe.*

También tengo un psiquiatra. Se llama Freud. Está muerto. Pero no hay que desanimarse por ello porque con algunos psiquiatras no parece importar demasiado que estén vivos o muertos.

día 25

No he escrito nada en mucho tiempo porque me he sentido muy cansada y está dentro de lo posible que tenga una enfermedad que me está consumiendo. Mis relaciones dependientes no sienten la menor compasión por una persona aquejada de una enfermedad consuntiva, lamento mucho decirlo.

He aquí lo que dice mi psiquiatra acerca de las relaciones dependientes:

*... el hecho de que el Super-Yo derive, a través del complejo de Edipo, de las primeras catexias objetales del Ello tiene además otras consecuencias. Como ya hemos demostrado, esta derivación relaciona al Super-Yo con las adquisiciones filogenéticas del Ello y hace de él una reencarnación de anteriores estructuras del Yo que han dejado en el Ello sus secuelas.*

Para identificar científicamente a mis hámsters les he coloreado la cabeza.

ROJO — Romeo

AZUL — Julieta

ROSA — Modorra

AMARILLO — Feliz

VERDE — Babosín

MORADO — Doc

MARRÓN — Gruñón

NEGRO — Medio-dormido

TURQUESA — Blanca Nieves

BLANCO — Príncipe

NARANJA — Vergonzoso

Con esto me será más fácil saber quién es quién, en el caso de que alguno de ellos tenga bebés o algo por el estilo.

Para identificar a mi psiquiatra, le he puesto en la cabeza un manchón color **magenta.** (Por supuesto, no existe ninguna probabilidad de que mi psiquiatra tenga bebés).

Pero abrigaba la horrible sospecha de que no lo eran.

—Sigmund —dijo a su psiquiatra al meterse en la cama—, probablemente se me van a presentar problemas… unos problemas que ningún psiquiatra ha conocido y tratado hasta la fecha.

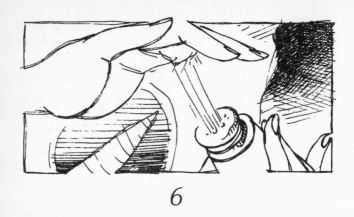

## 6

OS he perdonado, amigos míos —anunció Anastasia a sus padres la tarde siguiente—, de modo que voy a revelaros el plan.

—¿Nos has perdonado por qué? —preguntó su madre.

Se hallaba ésta ante el fregadero de la cocina, lavando la vajilla. Anastasia tenía sus deberes escolares desparramados sobre la mesa de la cocina. Estaba empezando a oler tan mal su habitación que ya no le apetecía hacer allí sus deberes. Le preocupaba incluso *Frank,* el pez, aunque al parecer éste no tenía nariz.

Freud sí tenía nariz, aunque torcida, pero Freud no se preocupaba porque su nariz era de escayola.

—Por hacerme lavar anoche los platos.

Su padre alzó la cabeza y la miró. Había extendido periódicos sobre el suelo de la cocina y alineado sobre ellos todos sus zapatos. Se disponía a empezar a lustrarlos.

—Era martes —dijo—. El martes es tu noche, Anastasia.

—Bueno —murmuró Anastasia—, anoche no me sentía en disposición de lavar los platos.

Su madre dio media vuelta.

—Nadie se siente nunca en diposición de lavar los platos. Yo, jamás. Fregar la vajilla es algo que hay que hacer una noche sí y otra también, si nos gusta como si no. La vajilla es lo mismo que la colada, o que ir al dentista, o que...

—... o que lustrar los zapatos —dijo el doctor Krupnik, terciando de nuevo en la conversación.

—Exacto —dijo Katherine Krupnik—. Es, simplemente, algo que hay que hacer, de modo que uno lo hace sin pensar siquiera en si le apetece o no le apetece hacerlo.

Anastasia se vertió un poco de sal en la palma de la mano y la saboreó.

—Bueno —dijo al fin—, toda la demás gente, en el mundo entero, tiene lavavajillas.

Su padre cogió una de las hojas de periódico que tenía en el suelo.

—Mira —dijo, y señaló una fotografía.

Anastasia miró. Era la imagen gráfica de una larga fila de seres humanos que vestían ropas andrajosas y caminaban descalzos por un camino embarrado. «Refugiados libaneses huyen de su ciudad arrasada por la guerra», comenzaba el pie de la foto.

—¿Y bien? —preguntó.

—Pues eso —dijo su padre, volviendo a poner el periódico en el suelo—. Ellos no tienen lavavajillas.

—¿Cómo lo sabes? Ahí no dice: «Refugiados libaneses, que no tienen lavavajillas...»

Su padre dio un bufido y empezó a lustrar uno de aquellos zapatos con vigor formidable, como si quisiera asesinarlo.

—Anastasia —inquirió su madre—, ¿discutes así acerca de todo con tus profesores en la escuela?

Anastasia hurgó en la sal que tenía en la mano.

—No —admitió—. Sólo con vosotros.

—Pues preferiría que lo dejaras. Es de lo más irritante. También me gustaría que nos hablaras de tu plan. La verdad es que estoy harta de ese Nicky Coletti, y si tú tienes una idea, quisiera saberla.

Anastasia se animó de pronto.

—¡Sí que la tengo! —dijo—. Escucha, mamá, lo que tienes que hacer es lo siguiente. Telefoneas a la señora Coletti y...

Su madre la interrumpió.

—Ya ha dicho papá que ésa no le parece una buena idea.

—No, no, tú no la llamas y le chillas. Llamas y te expresas con la mayor cortesía. Destilas amabilidad. Sabes hacerlo, mamá. Te he oído yo destilando amabilidad. Se te da de maravilla.

Su madre cogió unos cuantos platos limpios y los llevó al aparador.

—¿Cuándo he hecho yo tal cosa? Yo nunca destilo amabilidad. ¿Lo hago alguna vez, Myron?

El señor Krupnik frunció las cejas, sosteniendo un zapato en la mano.

—Bueno, he de admitir que ocasionalmente, sí.

Todos los años, en ese Banquete de Mujeres Universitarias, destilas un poquitín.

—Y cuando llama a la puerta ese individuo que vende escobas hechas por ciegos, mamá. Siempre destilas amabilidad con él.

—Bueno —murmuró la señora Krupnik—, la verdad es que detesto ese banquete. Y en cuanto al vendedor de escobas, solía comprar escobas de éstas. Realmente pensaba que era tremendo que los ciegos pudieran ganar dinero haciendo escobas. Hasta que una vez descubrí una pequeña etiqueta pegada en una de aquellas escobas. Decía: «Made in Taiwan». La cosa me sacó de quicio. Así que imaginé que no me quedaba más que una de dos: o le arreaba al tipo con una escoba en la cabeza, o le trataba con una amabilidad empalagosa. Tienes razón, supongo yo; destilo amabilidad cuando aparece por aquí.

—Bien —dijo Anastasia—. Llamas a la señora Coletti. La llamas esta misma noche, concretamente. Y derrochas una amabilidad nauseabunda. Le invitas a traer a Nicky una tarde a jugar.

—¿Por qué? ¿Por qué diablos voy a hacerle eso a Sam si se puede saber? Ya tiene que sufrir bastante en la guardería.

—Mamá —explicó Anastasia pacientemente—. Escucha el plan. Asegúrate de que invitas a la señora Coletti también, no vaya a limitarse a dejar a Nicky vapulear al pobre Sam. Será testigo y no podrá pensar que son invenciones tuyas.

—Katherine —dijo el doctor Krupnik, frotando un zapato con un cepillo—, eso quizá dé resultado. Suena estupendamente.

—Maldita sea. Anastasia, algunas veces eres un genio —la señora Krupnik guardó el último cacharro, colgó el paño de cocina y se dirigió al teléfono—. Y ahora escuchad, amigos míos; vais a ver lo que es destilar almíbar.

—Quince minutos —dijo la señora Krupnik—. Estarán aquí en unos quince minutos.

—Voy a esconderme —lloriqueó Sam—. Voy a esconderme en un armario.

Era sábado por la tarde, y la señora Coletti traía a Nicky a jugar.

—Sam —le recordó Anastasia—. Mamá y yo estamos aquí. Y la madre de Nicky estará también. Te protegeremos, es cosa prometida. ¿Y te acuerdas de por qué vienen? Para que la señora Coletti vea cómo te pega Nicky. ¿Recuerdas que todo es un plan secreto?

Sam asintió con la cabeza, pero tenía los ojos de par en par.

—Sí —musitó—. Un plan secreto.

La señora Krupnik puso pastas en un plato. La tetera estaba en marcha, y en una bandeja había tacitas de té. Para Sam y para Nicky estaban ya preparados pequeños vasos de zumo.

—Sam —propuso su madre—, ¿por qué no te bajas al cuarto de estar tu tren de cajas de cereales, para que Nicky y tú juguéis con él allí mientras las mamás tomamos el té?

—Vale —dijo Sam, y salió al trote.

En un minuto Anastasia y su madre pudieron oír el tren dando batacazos escaleras abajo: catorce cajas de cereales atadas en fila unas a otras, con el reluciente furgón colorado al final. El tren era el juguete predilecto de Sam.

Sonó el timbre de la puerta. Sam se escabulló en la cocina y se ocultó detrás de su madre, agarrado a su falda. La señora Krupnik se había cambiado sus habituales vaqueros en atención a la visita de los Coletti.

—Sam, vida mía —dijo su madre—, no puedo salir a abrir la puerta si me tienes así agarrada.

De mala gana, Sam soltó su presa. Anastasia le dio la mano y se dirigieron los tres a la puerta principal.

La mujer que allí aguardaba era bajita y de aspecto vulgar.

—Hola —dijo—, soy Shirley Coletti.

La señora Krupnik, destilando amabilidad, le hizo pasar al interior de la casa. Detrás de la señora Coletti se recataba un personaje aproximadamente de la misma talla que Sam, envuelto en un chándal de abrigo colorado.

—Y esta personita debe de ser Nicky —dijo la señora Krupnik, todo almíbar—. Déjeme su abrigo, Shirley. Anastasia, ¿puedes quitarle a Nicky el chándal?

Anastasia se arrodilló en el suelo del vestíbulo delante de Nicky Coletti, que la miraba con recelo con sus grandes ojos oscuros de largas pestañas.

—Mira el tren —dijo Nicky, atisbando por la puerta del cuarto de estar—. Quiero jugar con el tren.

—Es mi tren —dijo Sam. Luego, de mala gana, añadió—: pero puedes jugar con él.

Anastasia bajó la cremallera del chándal de Nicky. Su madre había introducido a la señora Coletti en el cuarto de estar.

Deslizó el chándal por los hombros de Nicky, pequeños y firmes. Luego sentó a la criatura en una silla y empezó a maniobrar para hacer pasar las gruesas perneras del chándal sobre los zapatos de Nicky: los negros zapatos de charol de Nicky.

«Qué cosa más rara —pensó Anastasia—. ¿Zapatos negros de charol?»

Finalmente sacó el chándal entero, dejando al descubierto las rollizas piernas de Nicky y un vestidito corto de tartán que estaba levantado por detrás, dejando ver unas enaguas con volantes.

—Voy a coger ese tren —anunció Nicky. Saltó de la silla abajo y entró corriendo en el cuarto de estar.

—Sam —dijo Anastasia asombrada a su hermano, que estaba escondido en un rincón oscuro del vestíbulo—, ¡Nicky Coletti es una niña!

—Sí —dijo Sam—. Esa facha gordinflas de Nicky Coletti.

Anastasia tomó de la mano a Sam y entró en el cuarto de estar. Su madre servía té a la señora Coletti, que charlaba por los codos. Nicky, a gatas en el suelo, empujaba el tren alrededor del cuarto.

—Apañada va usted con una de estas casonas antiguas, me hago cargo —decía la señora Coletti—. Yo tengo suerte: vivo en un chalecito moderno. Tengo mis cuatro dormitorios, salón-comedor, dos baños y medio...

—Rrrrrrrrrrrrrr —decía Nicky con voz estentórea—, ¡choque de tren! —Y se lanzó derecha con el tren en dirección a la mesita de café.

Anastasia sintió encogérsele el ánimo y esperó

que la señora Coletti dijera a Nicky que no estrellara el tren contra la mesa.

¡Zas! La mesa permaneció incólume, aunque las tazas tintinearon. Pero la locomotora de Sam quedó toda abollada, y la pequeña chimenea se desprendió.

La señora Coletti echó una mirada.

—No debían tener esos juguetes baratos de cartón —dijo—. Yo siempre procuro que Nicky tenga juguetes sólidos, de los buenos. Juguetes de marca.

—Rrrrrrrrr —rugía Nicky. Cogió el plato de las pastas, lo inclinó y lo vació en uno de los vagones del tren. Luego se dirigió hacia el comedor con el tren de Sam—. ¡Choque de tren número dos! —bramó, y oyeron un topetazo y el ruido de las pastas que caían por el suelo.

La señora Krupnik hizo una aspiración profunda.

—¿Más té, Shirley? —preguntó cortésmente.

Sam estaba sentado junto a Anastasia en el sofá, escuchando muy atento los ruidos que venían del comedor. Tenía la barbilla fruncida en un puchero, como si fuera a echarse a llorar.

—En una casa nueva, como la mía —prosiguió la señora Coletti—, no hay tanto polvo como el que tienen aquí. Por supuesto, se cuenta con un sistema de calefacción moderno. ¿Ve esto? —alargó el brazo tras ella y pasó un dedo por encima del radiador—. Con un sistema de calefacción moderno no tiene una todo este polvo.

La señora Krupnik sonrió con los labios apretados y tomó un sorbo de té.

—Nosotros necesitábamos una casa antigua —dijo—, por el espacio. En esta casa hay sitio para que yo pueda tener un estudio y poder así trabajar en casa.

—¡Ah!, ¿trabaja usted?

La señora Krupnik asintió con la cabeza.

—Mi madre es ilustradora —dijo Anastasia—. Hace las ilustraciones de los libros.

—Yo tengo suerte —dijo Shirley Coletti con presunción—. Nunca he tenido que trabajar.

—Mamá no tiene que trabajar —dijo Anastasia—. Trabaja porque es esa su vocación. Le gusta trabajar.

—Yo tengo una hermana que es una verdadera artista —dijo Shirley Coletti, sirviéndose más té—. Hace sus tarjetas de Navidad todos los años. El año pasado hizo a Santa Claus con un vaso de martini en la mano. Sabe usted, se veía que era eso porque tenía una aceituna. Luego en el interior decía: «Este es el tiempo de estar alegres.»

La señora Krupnik sonrió cortésmente. El comedor estaba en silencio. Podían oír el «rrrrrrrrr» de Nicky a cierta distancia; al parecer Nicky se había encaminado a la cocina.

—Anastasia —dijo su madre—, más valdría que fueses y miraras...

—Puede que no dijera «alegres». Creo que decía: «Este es el tiempo de ser dichosos.» Eran una monada, de todas formas —dijo Shirley Coletti.

Se oyó un tremendo estrépito en la cocina. Anastasia dio un brinco.

—¡Nicole Marie Coletti! —chilló su madre—. ¡Qué estás haciendo, basta ya! ¡Si no, te voy a dar una tunda que te voy a sacar los hígados!

La cocina estaba desierta cuando llegó Anastasia.

Pero el tren de Sam estaba allí, con su furgón de color rojo todo aplastado. Nicky al parecer se había subido al furgón para alcanzar al estante donde estaba el tarro de las pastas. Había pastas por todas partes y la oronda vasija de cerámica azul yacía hecha añicos en el suelo.

Tristemente, Anastasia recogió los fragmentos y los dejó caer en el cesto de la basura. Apareció Sam en la puerta de la cocina.

—Mi tren —lloriqueó.

Anastasia le pasó el brazo por los hombros.

—Mamá y yo procuraremos arreglarlo cuando se marche esa mocosa —dijo—. Ahora será mejor que vayamos a buscarla.

En la escalera de atrás había un rastro de migas de pasta. Lo siguieron y encontraron a Nicky en el dormitorio principal. Se estaba pulverizando con perfume de la señora Krupnik y se había calzado sus mejores zapatos de tacón alto.

Anastasia alargó el brazo hacia el frasco de perfume, para quitárselo a Nicky, y ésta le mordió en el brazo.

—¡Aaaayyy! —exclamó Anastasia.

—Ya te dije que Nicky Coletti muerde —dijo Sam, ceñudo.

Anastasia derribó a Nicky al suelo con una llave de lucha, le arrebató el perfume y le quitó los zapatos de su madre. Nicky salió disparada en calcetines y desapareció.

Anastasia dio un suspiro, recogió los zapatitos de charol de Nicky, se frotó la señal de la mordedura que le dolía en el brazo y emprendió la persecución.

El cuarto de baño estaba vacío, pero el papel higiénico había sido desenrollado y aparecía extendido por todo el suelo. Un tubo de champú verde brillante había sido exprimido en el interior de la bañera.

—Es rápida de verdad. ¿Dónde crees tú que habrá ido? —dijo Anastasia, y se dirigió hacia el dormitorio de Sam. Éste trotaba tras ella.

—La maestra de mi guardería dice que Nicky Coletti es más rápida que una bala —dijo Sam.

El dormitorio estaba en una quietud que no hacía presagiar nada bueno. Se detuvieron en la puerta y miraron; la caja de pinturas de Sam estaba abierta, y su cubrecama todo embadurnado de pintura azul y verde.

De repente apareció Nicky, brincando desde detrás de la puerta del armario donde se había escondido. Tomó puntería y arrojó en dirección a ellos un cochecito de carreras. Anastasia cubrió a Sam, y el proyectil la alcanzó en el hombro según pasaba zumbando.

—¡Aaaayyy! —exclamó de nuevo.

Se precipitó hacia Nicky, consiguió agarrarla cuando ya escapaba como una flecha y le inmovilizó los brazos contra los costados. Nicky le dio de patadas en las espinillas.

—Ya te dije que Nicky Coletti da patadas —murmuró Sam.

—Nicky —dijo Anastasia, sujetando firmemente a la niña por los hombros—, vamos abajo. Tu madre quiere verte.

Haciendo pucheros, Nicky se soltó de una violenta sacudida y enfiló escaleras abajo hacia el cuar-

115

to de estar. Anastasia siguió en pos, frotándose las heridas.

—Ah, estás ahí, Nicky, diablillo —dijo Shirley Coletti—. Si has roto algo se lo voy a decir a tu papá para que te zurre cuando lleguemos a casa. —Se dirigió de nuevo a la madre de Anastasia—: así que, como le decía, con una moqueta como la que yo tengo, se quita una de ese problema suyo de intentar mantener limpios estos suelos antiguos.

Nicky, entre tanto, se había escabullido de nuevo.

—Se ha dirigido a tu estudio, mamá —dijo Sam en voz alta—. Y ya ha puesto patas arriba casi todas las demás habitaciones.

La señora Krupnik se levantó como por resorte y salió detrás de Nicky.

—Esta Nicky —dijo Shirley Coletti, sonriendo a Anastasia— es la hiperactiva típica, ¿sabes? El médico dice que los hiperactivos son más listos que los otros niños, ¿lo sabías?

La señora Krupnik regresó con Nicky bajo el brazo, gimoteando y pataleando, y la depositó sin ceremonia alguna en las rodillas de la señora Coletti. Nicky se hizo un ovillo, se reclinó contra su madre y miró a Anastasia a hurtadillas.

La señora Coletti olfateó.

—Ya te has topado por ahí con algún perfume, ¿eh, Nicky? Eres una auténtica damisela. ¿Es un producto Avon? —preguntó a la señora Krupnik.

—No. Se llama Je Reviens —dijo Katherine Krupnik con voz siniestra.

—Francés, ¿eh? Eso sí que es postín. Pero Avon tiene algunos perfumes realmente finos, ¿sabes? Pura esencia de flores. Y no son tan caros como su franchute —dijo Shirley Coletti.

—Anastasia —dijo la señora Krupnik—, ¿por qué no traes el abrigo de la señora Coletti? ¿Y el chándal de Nicky?

—Cómo no, ahora mismo —dijo Anastasia.

Myron Krupnik llegó por la puerta de atrás y se sacudió con la mano las hombreras del chaquetón.

—Está empezando a nevar —anunció—. Le he puesto a tiempo al coche las cubiertas para nieve.

Su esposa estaba pasando la aspiradora por la cocina, toda llena de migas de pasta.

—Quítate de en medio —le dijo—. Me estás estorbando.

Anastasia volvió la vista desde el fregadero, donde estaba lavando las tazas de té.

—Hola, papá —dijo con tono lúgubre y decaído.

—¿Cómo van las cosas, Sam, muchachote? —preguntó el doctor Krupnik alegremente, y se inclinó para coger en brazos a Sam, que estaba arrodillado en el suelo intentando desabollar su furgón colorado—. ¿Quieres tocar copos de nieve?

Sam prorrumpió en llanto.

—Déjame en el suelo —gimió.

—Bueno —dijo el padre de Anastasia, depositando a Sam nuevamente en el piso—, no hay nada como un recibimiento cálido y entrañable para hacerle a un hombre sentirse fenomenal.

Todos le lanzaron miradas fulminantes.

—Tengo la impresión —dijo lentamente— de que la merienda de esta tarde no ha marchado bien.

—¿Dónde has estado? —preguntó la señora Krupnik—. Dijiste que estarías aquí.

—Me he entretenido en la estación de servicio. Todo el mundo allí esperando en cola a que le pusieran las cubiertas para nieve. ¿Por qué? No me necesitabais, creo yo. ¿Para hacer la visita a una mujer y un niño?

—Niña —dijo Sam.

—Niña —dijo Anastasia.

—Niña —dijo la señora Krupnik—. Una aborrecible, pretenciosa, irritante mujer, y una horrenda, horrible...

—Hiperactiva... —apuntó Anastasia.

—Hiperactiva mocosa. Sí, te necesitábamos. ¡Y luego hablan de ratas que abandonan el barco que se va a pique!

El doctor Krupnik colgó su chaquetón de una percha en el vestíbulo de atrás.

—Sam, ¿quieres traer a tu papi una cerveza, por favor? —pidió.

Sam se dirigió al frigorífico.

—Vamos, cuéntamelo todo, Katherine —dijo el padre de Anastasia.

—Yo me voy arriba —dijo Anastasia—. No quiero oírlo.

—¿Puedo ir contigo? —preguntó Sam.

—Pues claro.

Subieron con apremio por la escalera, pisando migas de pastas, y pasaron de largo junto a la habitación de Sam, llena de chafarrinones de pintura, y junto al dormitorio principal, que aún olía a perfume Je Reviens.

—No sé qué será peor —dijo Anastasia—. Una habitación impregnada de perfume francés o una habitación impregnada de olor a hámsters.

Tomaron por la escalera que conducía al cuarto de Anastasia en el tercer piso.

—Una habitación con Nicky Coletti dentro: eso es lo peor de todo —dijo Sam.

—Eso. ¡Oh, noooo! —Anastasia estaba parada en el umbral de su alcoba, mirando su interior—. ¡También ha estado aquí!

Los rotuladores de Anastasia estaban todos tirados por el suelo, con las tapas quitadas. En el papel de la pared, junto a la cama, había una ondulante línea color naranja y Freud tenía un manchón azul en la punta de su nariz torcida.

Anastasia se precipitó hacia su pecera.

—¿*Frank*? ¿Estás bien, *Frank*?

*Frank* abrió y cerró solemnemente la boca. Su aspecto era normal, pero se echaba de menos su habitual alegría.

—Está traumatizado —dijo Anastasia—. Está aturdido.

—Anastasia —dijo Sam con voz asustada—. Mira —estaba de rodillas junto a la jaula de los hámsters.

Anastasia miró. La tapa de la jaula estaba desenganchada y abierta, y la jaula de los hámsters estaba vacía.

Anastasia Krupnik
Clase del señor Sherman

**El 13 de octubre** adquirí dos hámsters chiquitos, preciosos, que viven en una jaula en mi dormitorio. Se llaman *Romeo y Julieta* y son muy cariñosos. Parece que se quieren uno a otro una barbaridad. Puesto que viven en la misma jaula como macho y hembra, espero que tengan hamstercitos. Mi libro sobre hámsters dice que la gestación dura veinticinco días. Me figuro que están ya apareándose porque se comportan con mucho cariño, así que contaré el día de hoy como *día primero* y luego los observaré durante veinticinco días y espero que el día 25 nazcan sus bebés.

Este será mi trabajo de Ciencias Naturales.

## día 3

Mis hámsters no han cambiado mucho. Se pasan el tiempo echados en su jaula y duermen un montón. Ambos tienen exceso de peso, porque comen demasiado, y se parecen a la madre de Sonya Isaacson, al menos en lo gordos que están.

En la personalidad se parecen a mi madre. Son de lo más cascarrabias.

## día 3 (continuación)

Las personas que tienen trastornos emocionales graves tienen dificultad para efectuar una observación de hámsters atenta y eficaz, porque sufren de incapacidad para concentrarse. Yo misma padezco dificultades emocionales graves, de modo que me encuentro con este problema.

Como parte de mi trabajo de Ciencias, disertaré sobre los problemas emocionales graves. Les voy a exponer lo que un tal Freud dice sobre el particular.

*La división de lo psíquico en lo que es consciente y lo que es inconsciente es la premisa fundamental del psicoanálisis, y ella sola permite al psicoanálisis compren-*

121

*der los procesos patológicos de la mente*
*—los cuales son tan frecuentes como im-*
*portantes— y situarlos en el marco del co-*
*nocimiento científico.*

*día 5*

Mis hámsters han dado a luz bebés prematuros. En vez de veinticinco días, les ha
bastado con cinco para tener bebés.

Ahora tengo once hámsters, y sus nombres son *Romeo, Julieta, Feliz, Medio-dor-*
*mido, Modorra, Babosín, Gruñón, Vergon-*
*zoso, Doc, Blanca Nieves* y *Príncipe.*

También tengo un psiquiatra. Se llama
Freud. Está muerto. Pero no hay que desanimarse por ello porque con algunos psiquiatras no parece importar demasiado que estén
vivos o muertos.

*día 25*

No he escrito nada en mucho tiempo porque me he sentido muy cansada y está dentro
de lo posible que tenga una enfermedad que
me está consumiendo. Mis relaciones depen-

dientes no sienten la menor compasión por una persona aquejada de una enfermedad consuntiva, lamento mucho decirlo.

He aquí lo que dice mi psiquiatra acerca de las relaciones dependientes:

> *... el hecho de que el Super-Yo derive, a través del complejo de Edipo, de las primeras catexias objetales del Ello tiene además otras consecuencias. Como ya hemos demostrado, esta derivación relaciona al Super-Yo con las adquisiciones filogenéticas del Ello y hace de él una reencarnación de anteriores estructuras del Yo que han dejado en el Ello sus secuelas.*

Para identificar científicamente a mis hámsters les he coloreado la cabeza.

ROJO — Romeo

AZUL — Julieta

ROSA — Modorra

AMARILLO — Feliz

VERDE — Babosín

MORADO — Doc

MARRÓN — Gruñón

NEGRO — Medio-dormido

TURQUESA — Blanca Nieves

BLANCO — Príncipe

NARANJA — Vergonzoso

Con esto me será más fácil saber quién es quién, en el caso de que alguno de ellos tenga bebés o algo por el estilo.

Para identificar a mi psiquiatra, le he puesto en la cabeza un manchón color **magenta.** (Por supuesto, no existe ninguna probabilidad de que mi psiquiatra tenga bebés).

*día 29*

Mis hámsters han desaparecido.

Mi libro de hámsters dice respecto a hámsters desaparecidos lo siguiente: «Si en el proceso de la fuga los hámsters han sido asustados, lo mejor es sentarse en medio del suelo muy quietos y callados hasta que los hámsters salgan por sí mismos de sus escondites.»

Pero mi ayudante científico, Sam, y yo hemos permanecido sentados en medio del suelo callados y quietos por espacio de una hora, y mi ayudante se ha quedado dormido como un tronco mientras esperábamos. Pero los hámsters no han aparecido.

Creo que a la sazón hay once hámsters sueltos por toda la casa. Y si mi madre ve uno de ellos, es muy probable que sufra un ataque de nervios. Pero ella no abriga la menor sospecha de que tenga once hámsters. Y mi psiquiatra no me sirve absolutamente de nada. Ya tiene él sus propios problemas: un ser malvado le ha pintado la nariz de azul.

## 7

MYRON —dijo la señora Krupnik cierta noche durante la cena, un mes más tarde—, creo que voy a tener
que pedir hora al oculista. Me parece que necesito gafas.

—¿Es posible? Me sorprende. Tu vista siempre ha
sido perfecta. Siempre he pensado que fue una lástima que Anastasia heredara mi astigmatismo en vez
de tu visión perfecta.

—No te preocupes, papá —dijo Anastasia—. A
mí no me importa llevar gafas. Antes pensaba que
querría llevar lentillas cuando fuera mayor. Pero ahora he decidido que las gafas me dan un aire intelectual. Me gusta el aire intelectual.

La señora Krupnik, en el extremo de la mesa, sos-
tenía un trozo de pollo en su tenedor. Lo escudriñaba
concienzudamente.

—Veo con normalidad. Este trozo de pollo lo veo
perfectamente.

—¿Y al lado opuesto de la habitación? —preguntó Anastasia—. Yo, si me quito las gafas, no distingo si aquel cuadro de la pared es un paisaje o un bodegón.

Su madre miró al cuadro, que estaba en el lado opuesto del comedor.

—Lo veo con nitidez —dijo.

—¿Entonces por qué crees que necesitas gafas?

—Es extraño. Vengo notándolo hace ya unas semanas. A veces, por el rabillo del ojo veo algo que se mueve, me figuro que debe ser mi visión periférica. Es sólo una impresión instantánea de algo que se mueve muy aprisa. Cuando me vuelvo para mirar, allí no hay nada.

—Puede ser jaqueca —dijo el doctor Krupnik—. La jaqueca produce esos efectos a veces.

—Podría ser *Modorra* —dijo Sam.

Anastasia le fulminó con la mirada. Su madre se echó a reír.

—Sí, es algo así como modorra, Sam. Pero supongo que será mejor que me examine el oculista.

—Sam —dijo Anastasia posteriormente, los dos a solas—, recuerda que no debes mencionar para nada los hámsters delante de mamá.

—Lo sé —suspiró Sam—. Se me había olvidado. Pero es a *Modorra* lo que ve. Estoy seguro. O quizá a *Gruñón,* o a *Doc,* o a *Romeo*.

—O a *Medio-dormido*. Tampoco hemos recuperado a *Medio-dormido* todavía.

—Sí. Ese panoli de *Medio-dormido*.

Faltaban aún cinco hámsters. Había sido un mes desalentador.

Encontraron primero a *Blanca Nieves,* al día siguiente de la visita de Nicky Coletti. *Blanca Nieves* se había guarecido en una playera, en el armarito de Anastasia. Cuando Anastasia abrió el armario para coger su suéter, el hámster asomó la cabeza con curiosidad, y le atraparon.

Dos días después, Sam encontró a *Vergonzoso* en un vagón de su tren.

Hacía dos semanas, Anastasia había absorbido a *Bobosín* cuando limpiaba su cuarto con la aspiradora. Sucedió todo tan rápido que no pudo impedirlo. El animal estaba debajo de la cama, y fue a parar derecho al interior del electrodoméstico. Anastasia abrió angustiada la aspiradora, y allí estaba el animalito envuelto en una capa de polvo. Ella pensó que estaría muerto. Pero mientras buscaba una cajita o algo que le sirviera de ataúd, el difunto abrió los ojos de improviso, y si no anda lista en echarle mano habría vuelto a largarse.

El día siguiente a éste, Sam se había topado con *Julieta,* que estaba en mitad del suelo de la cocina comiéndose un Rice Krispie. Afortunadamente su madre no estaba allí en ese momento.

*Feliz* había emergido finalmente la semana pasada, de un montón de ropa sucia que bajaba Anastasia de su cuarto. Se había comido parte de la manga de su camiseta favorita, haciéndole un agujero.

Y a *Príncipe* no lo había descubierto hasta ayer mismo, sentado en la tierra de una maceta del cuarto de estar, royendo una hoja de la begonia predilecta de su madre.

Pero faltaban todavía cinco hámsters. Anastasia

se preguntaba si para entonces se habrían muerto ya de hambre, y hubo de reconocer, con todo el dolor de su corazón, que en realidad no le importaba que hubiera sucedido tal cosa.

Y su psiquiatra no le servía de nada en absoluto. Continuaba sonriendo serenamente, aún cuando Anastasia se hallara en el colmo de la desesperación. Era como si a Freud le tuvieran totalmente sin cuidado los hámsters que faltaban.

Pero ya vería Freud lo que era bueno si a la señora Krupnik le daba un patatús; y no cabía duda que a la señora Krupnik le daría un patatús si llegaba a saber que había cinco hámsters sueltos por la casa.

—Mamá —preguntó Anastasia a la hora del postre—, ¿estás en algún sitio concreto de la casa cuando tienes ese problema de la vista?

Su madre pensó un momento.

—No había caído en ello. Recuerdo que ha sucedido en el estudio. Varias veces en el estudio. Estaba trabajando, y entonces he visto ese... ese movimiento... allá por un lado.

—Debe de ser la luz que entra en tu estudio, Katherine —dijo el doctor Krupnik—. La luz es allí muy intensa, sobre todo en esta época del año cuando no hay hojas en los árboles. Yo creo que es jaqueca. La luz intensa produce jaqueca.

—¿Qué día es hoy? —preguntó Anastasia—. ¿Miércoles?

—Sí —dijo su padre—. Le toca a mamá la vajilla.

—Mamá, ¿puedo utilizar tu estudio mientras lavas los platos? Quiero hacer unos dibujos para mi trabajo de Ciencias.

La señora Krupnik se alarmó.

—Siempre y cuando no emplees modelos vivos, Anastasia. No quiero tener esos dos animales en mi estudio.

—Puedes tener la seguridad de que no llevaré a tu estudio ningún ser viviente, mamá —prometió Anastasia sin mentir.

Sam sonreía malicioso.

—*Modorra* —murmuró entre dientes—. Yo creo que es *Modorra*.

Pero no era *Modorra*. Eran *Romeo* y *Doc*. Cuando Anastasia encendió la luz del estudio los vio, los dos juntitos encima de la mesa, royendo un lápiz 4-H. Reconoció sus cabezas, roja y morada. Levantaron la vista, alarmados por la luz, y se volvieron para emprender la huida. Pero Anastasia fue más rápida que ellos. Echó mano a un cesto de fruta que había tenido su madre como modelo de un bodegón, volcó en el suelo tres peras y un plátano, y plantó el cesto boca abajo encima de los hámsters. Quedaron atrapados.

Con ambos hámsters bien apretados en una mano, volvió a meter la fruta en el cesto, apagó la luz y abandonó el estudio. En el pasillo se encontró con su padre que salía de su despacho.

—Qué prisa te has dado —dijo—. ¿Lo has terminado todo ya?

Anastasia mantenía atrás, a la espalda, la mano con los hámsters.

—Voy a hacerlo ahora —dijo.

Su padre vaciló.

—Anastasia, tengo que hablar contigo en privado —dijo—. ¿Tienes unos minutos?

—Por supuesto —le dijo, siempre con la mano incómodamente a la espalda. De repente sintió la mano mojada. Uno de los hámsters se había hecho pis en ella—. Pero primero tengo que ir arriba un minuto.

—Voy por un poco de café —dijo su padre—. Te espero en el despacho.

Anastasia llevó los hámsters a su cuarto y los metió en la jaula. Contó: ocho. Faltaban tres.

Fue al baño a lavarse las manos. «Pis de hámster, por el amor del cielo —pensó—. Las cosas que tienen que pasarme a mí. Qué asco.»

Sam pasaba por la puerta del baño y se asomó.

—¿Le has encontrado? —preguntó—. ¿Era *Modorra*?

—Eran *Romeo* y *Doc* —le dijo—. Y *Romeo* es un marrano. No se controla.


—Y bien, papá, ¿de qué se trata? —preguntó Anastasia—. ¿De qué quieres hablarme?

El doctor Krupnik parecía sentirse incómodo.

—Encuentro esto muy embarazoso —dijo.

Anastasia estaba atónita.

—No irás a hablar de la cuestión sexual, ¿eh?, ¡por el amor de Dios! Mamá y tú me hablasteis ya de ello ¡hace años!

Él se echó a reír y encendió su pipa.

—No. Este es un problema personal mío y no quiero que lo sepa tu madre.

—¡Pero mamá y tú no os guardáis secretos!

—Normalmente, no —admitió él—. Pero tú sabes

que tu madre está todavía trastornada por lo de esa cría, Coletti. Y simplemente no quiero añadir otro problema a su lista y menos un asunto tan singular como este. Sin duda la sacaría de quicio.

«Tiene una amante —pensó de pronto Anastasia—. Mi padre tiene una amante. Se ha enamorado de una de sus alumnas: una monada de jovencita con grandes ojos y pendientes colgantes, y proyectan escaparse juntos y ser vegetarianos, y tal vez adoptar una religión exótica, y probablemente se va a llevar el estéreo también.»

—¡Bueno, tal vez pueda afectarme a mí también! —dijo con enojo—. ¿No se te ha ocurrido pensar en ello?

—Aquella película, ya hace tiempo... Estoy seguro de que la viste —dijo su padre.

Anastasia intentó pensar en una película en la que un hombre de edad madura se escapa con una jovencita vegetariana.

—¿*Una mujer soltera?* —preguntó con suspicacia.

—No —dijo—. Se titulaba *Poltergeist*.

«No tiene una amante —pensó Anastasia—. Sabía yo que no podía ser eso. Mi papaíto querido.» Se sintió aliviada.

—No me gustó nada *Poltergeist* —dijo.

—A mí tampoco. Y nunca he creído en esos... esos duendes que cambian objetos de sitio y rompen cosas.

—Es idiota.

—Exacto. Eso es lo que yo siempre había creído. Pero ahora me parece que tengo uno, Anastasia.

—¿Un duende?

Su padre asintió lastimeramente con la cabeza.

—Un poltergeist. Aquí mismo, en mi despacho.

Anastasia paseó la mirada por el despacho de su padre, su estancia predilecta en toda la casa aparte de su propio dormitorio... y últimamente había empezado a disgustarle su dormitorio, porque olía como los hámsters. El despacho estaba lleno de estanterías con libros. Contempló la chimenea, el amplio escritorio de su padre, el mullido sofá con sus pilas de almohadones de colores vivos, los cuadros de su madre en las paredes.

—¿Aquí? —inquirió con asombro.

Dio una chupada a su pipa, miró en torno y se estremeció.

—Lo sé. Suena ridículo. Pero de un tiempo a esta parte las cosas se mueven, exactamente como sucedía en esa película. Esta tarde mismo, estaba sentado en mi escritorio corrigiendo unos escritos, cuando de pronto he oído un sonido metálico, una especie de clunk.

—¿Clunk?

—Exactamente. Y cuando he mirado, mi tapacubos-cenicero todavía vibraba. Había dado un saltito.

Miraron los dos con atención al tapacubos.

—Y ha ocurrido otras veces. El tapacubos salta, pero cuando lo miro, allí no hay nadie. A veces he pensado que Sam debía de estar escondido detrás del sofá, gastando bromas. Pero no estaba. Nunca hay nadie. Y en cierta ocasión —prosiguió—, vi moverse un libro. Ahí arriba, en la estantería. Sólo unos milímetros. Pero lo vi, Anastasia. Se salió de la estantería unos milímetros. Mira: lo dejé como había quedado. ¿No ves cómo ese libro sobresale un poco más que los otros? —señaló.

Anastasia miró y esbozó una sonrisa maliciosa.

—Es *Modorra* —dijo.

—No digas eso —dijo su padre—. Es Hemingway.

Con el rabillo del ojo, Anastasia vio un movimiento súbito, rapidísimo, entre el escritorio y el sofá.

—Papá —dijo en voz baja—, sigue sentado muy quieto, muy quieto.

El doctor Krupnik se quedó paralizado.

Avanzando en silencio, centímetro a centímetro, Anastasia se acercó a *Modorra,* que estaba allí todo encogido, oculto tras la pata del sofá. Con un vivo movimiento de la mano, lo atrapó. Lo sostuvo en alto, con el rabo colgando.

—¡Aquí está tu poltergeist, papá!

Su padre se ajustó los lentes y miró con atención a *Modorra,* que se retorcía pugnando por escapar.

—Un hámster —dijo—. Yo creía que tenías tus dos hámsters en tu cuarto, Anastasia. ¿Y por qué tiene la cabeza pintada de rosa?

Anastasia suspiró.

—Papá —dijo—. Voy a confesarte una cosa. Pero tienes que prometerme que no se lo dirás a mamá.

—Bien, tienes razón, Anastasia —dijo su padre, vaciando el tabaco de su pipa en el tapacubos—, por supuesto que no debemos decírselo a tu madre. ¿Cuántos dices que faltan todavía?

—Ahora que hemos capturado a *Modorra,* dos más.

La puerta del despacho se abrió unos centímetros.

—No entres, mamá —se apresuró a decir Anastasia, ocultando a *Modorra* tras ella—. Papá y yo tenemos una conversación privada.

—Soy yo —dijo Sam, asomando la cabeza por la puerta entornada—. ¡*Gruñón* y *Medio-dormido*!

—Todo el mundo es gruñón cuando está medio dormido, Sam —dijo su padre—. Pasa. Te llevaré a la cama.

—¡No, mira! —luego titubeó—. ¿Puedo enseñárselos a papá?

Anastasia asintió con la cabeza, soltando una risita.

Sam levantó sus dos manos cerradas, con un rabo colgando de cada una.

—¡En mis zapatillas! —dijo—. ¡Estaban en mi dormitorio, cada uno en una zapatilla!

## Anastasia Krupnik
## Clase del señor Sherman

**El 13 de octubre** adquirí dos hámsters chiquitos, preciosos, que viven en una jaula en mi dormitorio. Se llaman *Romeo y Julieta* y son muy cariñosos. Parece que se quieren uno a otro una barbaridad. Puesto que viven en la misma jaula como macho y hembra, espero que tengan hamstercitos. Mi libro sobre hámsters dice que la gestación dura veinticinco días. Me figuro que están ya apareándose porque se comportan con mucho cariño, así que contaré el día de hoy como *día primero* y luego los observaré durante veinticinco días y espero que el día 25 nazcan sus bebés.

Este será mi trabajo de Ciencias Naturales.

### día 3

Mis hámsters no han cambiado mucho. Se pasan el tiempo echados en su jaula y duermen un montón. Ambos tienen exceso de peso, porque comen demasiado, y se parecen a la madre de Sonya Isaacson, al menos en lo gordos que están.

En la personalidad se parecen a mi madre. Son de lo más cascarrabias.

### día 3 (continuación)

Las personas que tienen trastornos emocionales graves tienen dificultad para efectuar una observación de hámsters atenta y eficaz, porque sufren de incapacidad para concentrarse. Yo misma padezco dificultades emocionales graves, de modo que me encuentro con este problema.

Como parte de mi trabajo de Ciencias, disertaré sobre los problemas emocionales graves. Les voy a exponer lo que un tal Freud dice sobre el particular.

*La división de lo psíquico en lo que es consciente y lo que es inconsciente es la premisa fundamental del psicoanálisis, y ella sola permite al psicoanálisis compren-*

der los procesos patológicos de la mente
—los cuales son tan frecuentes como importantes— y situarlos en el marco del conocimiento científico.

*día 5*

Mis hámsters han dado a luz bebés prematuros. En vez de veinticinco días, les ha
bastado con cinco para tener bebés.

Ahora tengo once hámsters, y sus nombres son *Romeo, Julieta, Feliz, Medio-dormido, Modorra, Babosín, Gruñón, Vergonzoso, Doc, Blanca Nieves* y *Príncipe*.

También tengo un psiquiatra. Se llama
Freud. Está muerto. Pero no hay que desanimarse por ello porque con algunos psiquiatras no parece importar demasiado que estén
vivos o muertos.

*día 25*

No he escrito nada en mucho tiempo porque me he sentido muy cansada y está dentro
de lo posible que tenga una enfermedad que
me está consumiendo. Mis relaciones depen-

dientes no sienten la menor compasión por una persona aquejada de una enfermedaddd consuntiva, lamento mucho decirlo.

He aquí lo que dice mi psiquiatra acerca de las relaciones dependientes:

*... el hecho de que el Super-Yo derive, a través del complejo de Edipo, de las primeras catexias objetales del Ello tiene además otras consecuencias. Como ya hemos demostrado, esta derivación relaciona al Super-Yo con las adquisiciones filogenéticas del Ello y hace de él una reencarnación de anteriores estructuras del Yo que han dejado en el Ello sus secuelas.*

Para identificar científicamente a mis hámsters les he coloreado la cabeza.

ROJO — Romeo  
AZUL — Julieta  
ROSA — Modorra  
AMARILLO — Feliz  
VERDE — Babosín  
MORADO — Doc  

MARRÓN — Gruñón  
NEGRO — Medio-dormido  
TURQUESA — Blanca Nieves  
BLANCO — Príncipe  
NARANJA — Vergonzoso  

Con esto me será más fácil saber quién es quién, en el caso de que alguno de ellos tenga bebés o algo por el estilo.

Para identificar a mi psiquiatra, le he puesto en la cabeza un manchón color **magenta.** (Por supuesto, no existe ninguna probabilidad de que mi psiquiatra tenga bebés).

*día 29*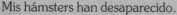

Mis hámsters han desaparecido.

Mi libro de hámsters dice respecto a hámsters desaparecidos lo siguiente: «Si en el proceso de la fuga los hámsters han sido asustados, lo mejor es sentarse en medio del suelo muy quietos y callados hasta que los hámsters salgan por sí mismos de sus escondites.»

Pero mi ayudante científico, Sam, y yo hemos permanecido sentados en medio del suelo callados y quietos por espacio de una hora, y mi ayudante se ha quedado dormido como un tronco mientras esperábamos. Pero los hámsters no han aparecido.

Creo que a la sazón hay once hámsters sueltos por toda la casa. Y si mi madre ve uno de ellos, es muy probable que sufra un ataque de nervios. Pero ella no abriga la menor sospecha de que tenga once hámsters. Y mi psiquiatra no me sirve absolutamente de nada. Ya tiene él sus propios problemas: un ser malvado le ha pintado la nariz de azul.

No he trabajado en mucho tiempo en mi trabajo de investigación científica porque he estado emocionalmente muy trastornada. Uno de los hechos científicos en torno a los hámsters es que pueden causarle a uno graves problemas emocionales.

Mis hámsters han aparecido todos y están de nuevo en su jaula. He aquí los sitios donde han sido hallados:

Romeo (rojo) — Estudio, comiéndose un lápiz 4-H

Doc (morado) — Estudio, comiéndose un lápiz 4-H

Julieta (azul) — Cocina, comiéndose un Rice Krispie

Feliz (amarillo) — Montón de ropa sucia, comiéndose una camiseta

Babosín (verde) — Interior de la aspiradora

Vergonzoso (naranja) — Vagón del tren de cajas de cereales

Gʀᴜñóɴ (marrón) — Zapatilla izquierda
Mᴇᴅɪᴏ-ᴅᴏʀᴍɪᴅᴏ (negro) — Zapatilla derecha
Mᴏᴅᴏʀʀᴀ (rosa) — Despacho, haciendo de
    Poltergeist
Bʟᴀɴᴄᴀ Nɪᴇᴠᴇs (turquesa) — Playera
Pʀíɴᴄɪᴘᴇ (blanco) — Maceta. Comiendo be-
    gonia

La búsqueda de los hámsters ha sido una experiencia muy traumática para mí.

Mi próximo trabajo de ciencias consistirá en hallar un medio de desembarazarse de los hámsters. Proyecto trabajar en ello muy de firme.

—Sigmund —dijo Anastasia, después de haber comprobado el pestillo de la jaula de los hámsters por decimoquinta vez—, no me has sido de mucho auxilio en todo esto.

Posó en él la mirada. No parecía sonreír ya como antes. La observaba fijamente con un mirar severo.

—¿Qué pasa, Sigmund? —preguntó.

Anastasia se levantó y se acercó al busto de Freud. Las líneas de sonrisa de las comisuras de sus labios habían empezado a borrarse, y estaba recobrando su boca originaria, la de gesto serio y hosco.

Hizo ademán de coger el rotulador negro para devolverle la sonrisa. Luego titubeó.

—Quizá no es una buena idea tener un psiquiatra que está siempre de acuerdo con cuanto digo, y sonríe —dijo a la cabeza de Freud—. ¿Qué te parece a ti?

Él la miraba muy severamente.

—Bueno, está bien, tampoco es para ponerse así —refunfuñó Anastasia. Volvió a la cama y se tumbó, mirando al techo. ¿Qué harías tú, Sigmund, si tuvieras que desembarazarte de once hámsters malolientes?

Le echó una mirada. Tenía fruncido el ceño.

—Ya sé lo que harías —dijo—. Probablemente se los regalarías a alguien que odiaras. Tienes cara de odiar a mucha gente. Pero yo no odio a nadie hasta ese extremo —suspiró Anastasia—. Antes odiaba a mi madre y a mi padre. Eso era hace un par de meses. Pero ahora ya no los odio. Ahora me gustan. Mi padre estuvo realmente estupendo cuando le hablé del problema de los hámsters. Supongo que el haber tenido todo este asesoramiento psiquiátrico me ha ayudado a adaptarme a mis padres.

Anastasia bostezó.

—Y, naturalmente, estaban las hormonas. Pero mis hormonas han desaparecido, así de pronto. Primero desaparecieron los hámsters —le dijo a Freud, bostezando de nuevo—, y después las hormonas. La vida no es más que eso: una sorpresa fantástica detrás de otra.

## 8

ANASTASIA volvía perezosamente de la escuela con Meredith, Sonya y Daphne.

—¿Qué queréis que hagamos este fin de semana, tías? ¿Vamos al cine?

—Yo quiero darme una vueltecita por McDonald's —dijo Daphne—. Ese chico de noveno, Edie Wolf, trabaja allí los fines de semana. Es muy majo.

—Daphne —dijo Anastasia de mal humor—. Te estás volviendo un rollazo. Lo único que te interesa son los chicos.

—Ya te lo dije yo —comentó Sonya—. Es la Fase Dos de la Adolescencia. Es normal.

—Bueno, pues es un rollo —dijo Anastasia.

Meredith hizo una bola de nieve y la lanzó contra un árbol.

—¿Sabéis una cosa? —dijo—. A mí no me parece

rollo. Creo que estoy entrando en la Fase Dos yo también. Iré a McDonald's contigo, Daph.

—Yo no —dijo Sonya—. Yo tengo que meterme con mi trabajo de Ciencias. Hay tres semanas de plazo para entregarlo.

Anastasia dio un puntapié a un montón de nieve.

—El mío lo tengo ya casi terminado, pero no vale nada. Probablemente me van a catear.

—No pueden catearte —indicó Daphne—. Los trabajos para la exposición de Ciencias sólo sirven para subir nota. Ni siquiera estás obligada a hacerlo. Yo no lo hago. No tengo tiempo.

—Claro, porque te lo pasas detrás de los chicos —dijo Anastasia—. Aquí está mi calle —añadió—. Nos veremos. Llamadme si queréis ir al cine —se despidió levantando la mano y volvió la esquina en dirección a su casa.

—¡Hola, Anastasia! —le saludó Sam cuando entró por la puerta de atrás—. ¿Sabes una cosa? Nicky Coletti no ha venido hoy a la guardería, ¡así que he tenido todos los bloques para mí solo!

Anastasia colgó su chaquetón en el vestíbulo de atrás y se sentó a desatarse las botas para nieve.

—Qué bien, Sam. Y tú, mamá, ¿has tenido un buen día?

Su madre estaba pelando patatas junto a la cocina, de espaldas.

—No —dijo sin volverse—. No lo he tenido.

«¡Vaya por Dios! —pensó Anastasia. Su madre estaba de malas pulgas—. Lo mejor será no hacerle caso en un rato. Tal vez se le pasará.»

—¡Demonios! —exclamó Sam—. Por poco se me

olvida. Mamá, mi maestra de la guardería te manda una nota. La tengo aquí en el bolsillo.

Metió la mano en sus vaqueros y sacó un papelito. La señora Krupnik se volvió. Tenía una cara que echaba chispas.

—Tengo las manos mojadas —dijo—. Léemelo tú, Anastasia.

Anastasia desdobló el papel y leyó en voz alta:

«Estimados padres de alumnos de este Centro de Preescolar: uno de nuestros párvulos, Nicky Coletti, ha sufrido un infortunado accidente con fractura de ambas piernas, por lo que no podrá asistir a la escuela en seis semanas. Estoy segura de que la familia Coletti agradecería recibir tarjetas o pequeños regalos, a fin de hacer la convalecencia de Nicky más llevadera.»

Anastasia levantó la vista.

—Luego pone la dirección de los Coletti —añadió.

Sam sonreía de oreja a oreja.

—¿Seis semanas? —dijo todo regocijado—. ¿No me van a tirar cosas a la cabeza en seis semanas?

—Eso parece —dijo Anastasia—. Me pregunto cómo se habrá roto las piernas.

—Probablemente pegando patadas a alguien —apuntó Sam.

—O tal vez encaramándose a algún sitio para hacer trizas un tarro de pastas —dijo la señora Krupnik, que todavía estaba contrariada por la pérdida de su tarro azul, que tenía en muchísima estima.

—Apuesto a que su padre es de la Mafia —dijo Anastasia—, y ha terminado por perder los estribos y quebrarle las piernas.

—Somos tremendos —dijo la señora Krupnik secándose las manos con una toalla de papel—. Es una pena, tener a una criatura accidentada. Creo que deberíamos mandar una tarjeta.

—Un regalo —dijo Sam—. Yo le voy a mandar un regalo a esa facha gordinflas de Nicky Coletti. ¡Le voy a mandar caca de perro!

—¡Sam! —dijo su madre severamente—. Eso no está bien.

Sam frunció los labios.

—Pues sí —murmuró entre dientes—. Le voy a mandar un paquetón de apestosa caca de perro.

La señora Krupnik había vuelto a su cara de enfado.

—Escuchad los dos —dijo—. Estaba esperando que llegases, Anastasia, porque tengo un asunto que ventilar contigo.

Alargó el brazo hacia un vasar adyacente a la pila de la cocina y tomó de él una hoja de papel doblada.

—He hallado esto en el despacho esta tarde. Y quiero una explicación. No quiero excusas amañadas ni cuentos ni evasivas. Quiero una aclaración total y absoluta de este asunto. Y la exijo ahora mismo.

Anastasia suspiró y tomó asiento. No tenía ni idea del asunto del que hablaba su madre. Ni de qué podía ser aquel papel doblado.

Pero Sam, al parecer, sí que la tenía. Lo estaba mirando con los ojos muy abiertos.

—¡Ahí va! —exclamó.

La señora Krupnik tendió a Anastasia el papel. Estaba escrito a máquina: evidentemente por Sam, sin mayúsculas y sin márgenes.

Recelosamente, Anastasia lo leyó:

hamsters!
hamsters*     hamsters*     hamsters*     hamsters*
hamsters* hamsters* hamsters* hamsters*

1 2 3 4 5 6 7 8 9 10 11 hamsters

uyen hamsters uyen

ver hamsters escapar     verlos uir
mis  hamsters  mis  11  hamsters  sam  krupnik
uyen uyen uyen

¡auxilio!!!!! ¡¡vuscar los hamsters!!!
¡¡ver donde se esconden!!!!

11  hamsters  uyen  arriba  y  abajo  dentro  y
fuera auxilio auxilio auxilio

vuscar los hamsters
///////&&&&&&&&(((((((*******

11 11 11 hamsters pequeñitos!          por
toda
la
casa!

¡¡¡hamsters!!!!!!!!

—Desde luego estás aprendiendo bastante bien a leer y a escribir, Sam —dijo Anastasia con acento desfallecido—. Y mecanografía —añadió.

—¿Significa eso lo que entiendo yo que significa? —preguntó la señora Krupnik con ceño muy torvo.

Sam se chupaba vigorosamente el pulgar.

—Bueno —empezó Anastasia—, en cierta manera supongo que sí.

—¿Qué quieres decir con «en cierta manera»? ¿Hay once hámsters o no los hay?

—Sí, bueno —dijo Anastasia—. Haberlos, los hay.

—¿Y hay once hámsters corriendo por toda esta casa?

—No —dijo Anastasia—. Eso sí que no. Al menos, ya no. Los hemos capturado.

—Pero los ha habido. Andaban sueltos por la casa y no me lo dijiste.

—Así es, exactamente.

—Quiero que salgan de esta casa. Inmediatamente. No admito argumentos. Ni tratos.

—Mamá, vengo intentado discurrir alguna forma de desembarazarme de ellos, algo por lo que la Sociedad Protectora de Animales me denunciaría.

Sam se sacó el pulgar de la boca. Miró a su madre y a su hermana.

—Yo sé una forma —dijo.

—A ver —dijo su madre.

Sam sonrió, todo feliz.

—Podemos enviar a Nicky Coletti un bonito regalo —dijo.

—Esto es terrible —dijo la señora Krupnik—. Hacer esto es algo absolutamente malintencionado, perverso, terrible. Alcánzame papel cello, Anastasia.

Selló el último pico del papel de envolver sobre la jaula de los hámsters.

—Aquí está la tarjeta —dijo Anastasia. Y, sobre la jaula empaquetada, sujetaron con papel cello la tarjeta deseando un pronto restablecimiento.

—Todo listo, papá —dijo.

El doctor Krupnik cogió la jaula y salió por la puerta en dirección al coche.

—Yo no habría cometido una villanía como ésta —declaró— si esa niñita no me hubiera arrancado una página de mi primera edición de Hemingway.

—Adiós, hámsters —gritó Sam en la puerta cuando su padre se alejó con el coche.

—Espero que sean felices en su nuevo domicilio —dijo la señora Krupnik—. Su chalecito moderno, con su moqueta.

—Ya puede desodorizarlo la señora Coletti con su Avon esencia de flores —dijo Anastasia—. Porque he de admitir que tenías razón, mamá: los hámsters huelen mal.

—Tengo un remordimiento tremendo —dijo la señora Krupnik—. Me remuerde la conciencia de verdad.

—Si quieres —propuso Anastasia—, puedo proporcionarte un psiquiatra que te ayude en ese trance.

—¿Freud? —preguntó su madre.

—A él no le importa que le llamen Sigmund.

—Yo creía que aún le utilizabas tú.

—Sí que le utilizaba, hasta ahora mismo. Pero mis problemas parecen haber desaparecido todos de pronto. Los hámsters ya no están, y eran un problema morrocotudo. Y ya no os odio ni a ti ni a papá. Creo que mis hormonas han desaparecido.

—Pero ¿qué hay de tu trabajo de Ciencias? —preguntó su madre.

Anastasia suspiró.

—Era sólo para subir nota, de todos modos. He decidido no hacerlo.

—Te vendría muy bien, cariño. En las últimas notas te dieron sólo un aprobado en Ciencias —indicó su madre.

Anastasia lo pensó. En realidad no le importaba su aprobado en Ciencias. Pero sabía que a sus padres sí les importaba. De pronto, ahora que sus padres habían dejado de ser extravagantes, deseaba complacerles. Y eso parecía tener solución, aunque no le gustaba mucho.

—Mamá —dijo con un suspiro—. Cuento con tres semanas. Si tú me ayudases, probablemente podría hacer un cartelón mostrando el ciclo vital de la rana.

—Claro. Yo podría ayudarte a hacerlo.

—¿Pero no crees que las chicas de mi clase se reirían? Y si se rieran, ¿crees que he alcanzado la madurez suficiente para que no me importe?

Su madre sonrió, se encogió de hombros y movió la cabeza.

—Anastasia —dijo—, ¿por qué no consultas a tu analista?

## ÚLTIMOS TÍTULOS PUBLICADOS

**68**
*CUENTOS Y LEYENDAS EN TORNO
AL MEDITERRÁNEO*
AUTORA: CLAIRE DEROUIN
ILUSTRADOR: FERNANDO GÓMEZ

**69**
*EL ARCHIPIÉLAGO GARCÍA*
AUTOR: ALFREDO GÓMEZ CERDÁ

**70**
*RAMONA Y SU MADRE*
AUTORA: BEVERLY CLEARY
ILUSTRADOR: ALAN TIEGREEN

**71**
*EL FUEGO DE LOS PASTORES*
AUTORA: CONCHA LÓPEZ NARVÁEZ
ILUSTRADOR: RAFAEL SALMERÓN

**72**
*LA FUGA*
AUTOR: CARLOS VILLANES CAIRO

**73**
*AVENTURAS DE ROBINSON CRUSOE*
AUTOR: DANIEL DEFOE

**74**
*CAPITANES INTRÉPIDOS*
AUTOR: RUDYARD KIPLING

**75**
*LAS AVENTURAS DE TOM SAWYER*
AUTOR: MARK TWAIN

**76**
*ENTRE EL CLAVEL Y LA ROSA.
ANTOLOGÍA DE LA POESÍA ESPAÑOLA*
SELECCIÓN: JOSÉ M.ª PLAZA
ILUSTRADORES: PABLO AMARGO Y NOEMÍ VILLAMURA

**77**
### ANASTASIA DE NUEVO
AUTORA: LOIS LOWRY
ILUSTRADOR: GERARDO R. AMECHAZURRA

**78**
### LA HISTORIA DEL DOCTOR DOLITTLE
AUTOR: HUGH LOFTING
ILUSTRACIONES DEL AUTOR

**79**
### FATIK Y EL JUGLAR DE CALCUTA
AUTOR: SATYAJIK RAY
ILUSTRADORA: FUENCISLA DEL AMO

**80**
### LA MALDICIÓN DEL ARQUERO
AUTOR: JOAN MANUEL GISBERT
ILUSTRADOR: FRANCISCO SOLÉ

**81**
### EL SILENCIO DEL ASESINO
AUTORA: CONCHA LÓPEZ NARVÁEZ
ILUSTRADOR: RAFAEL SALMERÓN

**82**
### LA BOINA ASESINA DEL CONTADOR DE CUENTOS
AUTOR: AVELINO HERNÁNDEZ
ILUSTRADOR: JUAN RAMÓN ALONSO

**83**
### ROSA DE ESTAMBUL
AUTOR: JOAQUÍN ARNAIZ

**84**
### LA MEDALLA DE ÁMBAR
AUTORES: JOSÉ LUIS VELASCO Y CARMEN MORALES

**85**
### CUENTOS Y LEYENDAS DE LA MITOLOGÍA GRIEGA
AUTORA: CLAUDE POUZADOUX
ILUSTRADORA: ANA AZPEITIA

**86**

***EL PERRO DE GUDRUM***

AUTOR: CÉSAR VIDAL

**87**

***LAS FANS***

AUTOR: JORDI SIERRA I FABRA

**88**

***BLANCA VAMPIRUCHI***

AUTORA: NORTRUD BOGE-ERLI

ILUSTRADOR: MICHAEL GEREON

**89**

***DOMÉNICA***

AUTOR: GONZALO TORRENTE BALLESTER

ILUSTRADORA: MARAVILLAS DELGADO

**90**

***VIAJE AL CENTRO DE LA TIERRA***

AUTOR: JULIO VERNE

**91**

***LA ISLA DE CORAL***

AUTOR: R. M. BALLANTYNE

**92**

***EL FANTASMA DE CANTERVILLE Y OTROS CUENTOS***

AUTOR: OSCAR WILDE

**93**

***ANASTASIA ELIGE PROFESIÓN***

AUTORA: LOIS LOWRY

ILUSTRADOR: GERARDO R. AMECHAZURRA

**94**

***LOS VIAJES DEL DOCTOR DOLITTLE***

AUTOR: HUGH LOFTING

ILUSTRACIONES DEL AUTOR